精霊学園の隠れ神霊契約者

〜鬱ゲーの隠れ最強キャラに転生したので、推しを護る為に力を隠して学園へ潜り込む〜

あおぞら
Illust. 長浜めぐみ

CONTENTS

Seireigakuen no
KAKURE
SHINREIKEIYAKUSHA

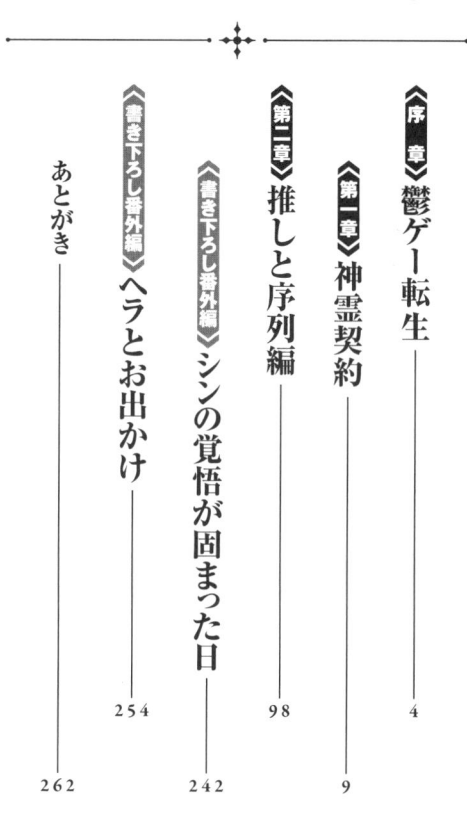

序章 鬱ゲー転生

Prologue

とある世界の鬱蒼《うっそう》とした森の中。

その中に一人の青年がいた。

「ふぅ……やっとこの身体《からだ》にも慣れてきたな……」

俺──シンは、一時期オタク達の間で流行《はや》っていた鬱ゲー──【神霊契約】のキャラである。

実際のところ、身体は鬱ゲーのキャラで中身は全《まった》くの別人であるが。

そう──俺はこのシンというキャラに転生した。

なぜこうなったのか……それは俺には分からない。

ただ一年前、突然、何の前触れもなくこの身体に転生したのだ。それに自分の前世のことは名前も含めてほとんど覚えておらず、覚えていることといえば前世での常識と俺がやっていたこのゲームの知識のみ。

大体の転生の原因である死亡……は俺の記憶の中ではしていない。

当初はなぜこんなことになったのか分からず頭が混乱して、なおかつ、数度この森のモンスターに瀕死《ひんし》になるまでボコられたせいで一ヶ月は廃人のようになってしまっていたが、つい最近やっとこの世界に転生したことを受け止められるようになった。

そして、俺が転生したこの世界は先ほども言った通り『鬱ゲー』だ。

まずこの世界は人間などの人類種と精霊が手を取り合って生きており、人間種、エルフ、ドワーフ、亜人、魔族が表面上は友好的に接していた。

そしてその全《すべ》ての人類種が共同で設立した学園――『精霊学園』に主人公――カイが入学するところからゲームは始まる。

しかし学園はまさに差別の巣窟《そうくつ》で、序列関係が顕著に出ており、まず新入生は一部を除いて上級生に逆らうことなどできず、虐《しいた》げられるのだ。

【神霊契約】のストーリーは差別の巣窟たる学園に精霊に愛されたカイが入学し、彼が中心となって様々なトラブルや学園から出される試験などを解決していく――というストーリーである。

これだけでは然程《さほど》鬱ゲー要素はないと思うだろうが、全然そんなことない。

まず主人公はもちろんとして、ヒロイン達も余裕で死ぬ。

または死ななくても上級生に弄《もてあそ》ばれて犯されたり、何かの実験台にされたり、洗脳されて主人公達に牙を剥《む》いたり……などなど。

まだまだたくさんあるが、さらに嫌なのが、そんなことがしっかりとイラストとアニメ動画付きで見せられるのだ。

もちろんR-18指定にされて、なんなら閲覧注意の警告が何度も表示されるほどである。

ではなぜ俺はこんなゲームをやっていたのか。

別に鬱ゲーが好きなわけではない。

何ならハッピーエンド主義者である。

そんな俺だが――このゲームには人生で初めての推しがいるのだ。


名を――ヘラ・ドラゴンスレイといい、この世界においての絶対悪となるキャラである。

俺は悪役たる彼女にガチ恋していた。

白銀でサラサラな美しいストレートの長髪に少し吊《つ》り上がった力強い真紅の瞳に恐ろしく整った冷酷な美人といった感じの顔立ち。

身長は一七二センチと高身長ですらっとしたモデル体型ながら胸もそこそこ大きい。

さらにこんな完璧な外見を持ちながら、『王国最強』や『王国の守護者』との呼び声高いドラゴンスレイ公爵家のなかでも群を抜いて才能を持った令嬢で莫大な資産を持ち、頭も良くて契約している精霊も強いという完璧ぶりはもはや同じ人間とは思えないほどである。

しかし俺が彼女にガチ恋した理由はそこじゃない。ヘラは誰にでも冷たくて冷徹なことから巷《ちまた》では『冷徹令嬢』との異名も持っている。

だが実際は両親のどちらもが不倫をしていた時期に生まれた為に、両親にも使用人にも愛されていなかった。

愛されていないが故《ゆえ》に誰よりも愛に恋焦がれ、少女漫画のような展開を期待する少し少女チックな可愛《かわい》い人なのだ。

たとえ自分の知らない他人であっても困っていれば陰ながら助けるし、学園でも虐《いじ》められそうな者には忠告をしたり、アドバイスをしたりしているのも、愛されたいと願う一種の願望からなのかもしれない。

しかしめちゃくちゃ優しくて可愛いヘラだが、愛に飢えるが故に自分に向けられる感情を正確に把握することができ、自身に寄って来る者達の中に真に自分を愛している人は誰一人いないことに気付いて絶望する。

まぁ貴族の世界で真に愛し合っている者達など限りなく少ないだろうが、ヘラにはその公爵家と言う権力が打算的に近づいて来る者を増やしていた。

そして最終的には――――邪神と呼ばれる嘗《かつ》て精霊と敵対していた種族と契約して主人公達を追い詰めるラスボス的存在となるわけだ。

ちなみに彼女をヒロインとするルートは存在せず、絶対に敵になるのを止めることはできない。

ただそれはあくまでゲームの中での話だ。

今この世界はゲームのようにステータスボードなどもないしログアウトのボタンもない。ストーリーの強制力があるかは不明だが、生憎《あいにく》俺の転生したキャラ――――シンにはこれと言った役割は存在しないのである。

さらに幸運なことに――――シンは公式のファンブックで明かされた中でも随一の隠し最強キャラなのだ。だから俺は――――この最強の力を誰よりも優しくて誰よりも愛に飢え、誰よりも絶望を味わったヘラを救うために使うと決めた。

「その為にもっと強くならないとな」

誰にも負けないように。

ストーリー開始まで――――一年。

第一章 神霊契約

Chapter 1

「相変わらず辺鄙《へんぴ》な所に暮らしてるよな、俺」

自分ですらそう思ってしまうのだから、ここに住んでいない者からすれば頭のおかしい人に思われるだろう。

俺の家は【神霊契約】と呼ばれるゲームの中でも最も深く、危険な森――『禁忌と雷の森』の中の中心部から少し離れた小川の近くに住んでいる。

この森は恒星の光が届かないほどに鬱蒼《うっそう》と茂る木々に覆われ、魔神の眷属《けんぞく》といわれるモンスターが大量に生息しており、どれもレベルは一〇〇を超える。

ちなみにこの世界での最大レベルは一五〇で、限界突破と呼ばれる自身の限界を超える試練を受けなければ一五〇までで止まってしまう。

そして人間達は同じ一五〇ステータスで負けるモンスターに対抗するために精霊と契約をするというわけだ。

精霊は下級、中級、上級、王級、超越級、神級と分かれており、精霊でも最上級の神級と契約している者は両手で数えられるほどしかいない。

俺は、レベルはおそらく一五〇に辿《たど》り着いていると思うが、精霊とは契約していないので、自分の力一つでこの森を生き抜いている。

「まぁ俺が特殊なだけか」

こんな場所に住んでいればそりゃあ隠れ最強キャラにもなるわな。

精霊にも頼らないんじゃ自分が強くなるしかないし。

「そういえば、結局コイツは最後まで何の精霊とも契約しなかったんだよな……」

そう、シンというキャラは、よくゲームにあるお助けキャラ的な立ち位置で、この森に来た主人公達の案内と護衛を務めていた。

その力は精霊抜きでは間違いなく世界最強と、のちに最強のヒロインと呼ばれるアリア・デーモンロードに言わしめたほどだ。

しかし……。

「俺は絶対に精霊と契約するがな」

だってその方が圧倒的に強いし、もしも俺がいない時にヘラが襲われでもすれば、精霊を付けていれば安心できるし気付くこともできるからな。

だから、半端な精霊とは契約するつもりは毛頭ない。

「狙うは超越級……いや、神級だよな」

これまた幸運なことに、この森には雷の神級精霊――――ゼウスがいるので、彼と契約するのが俺の望みである。

ゲームではゼウスと契約できる者はおらず、唯一契約できるはずだったシンも契約しなかったので、ついぞ最後まで彼の力を見ることはなかった。

当たり前だが、見たことないので攻撃パターンが全《まった》く分からず、生身《なまみ》最強の俺も迂闊《うかつ》に挑戦できるような相手ではないのだが……ヘラの為に諦めるわけにはいかない。

「まぁその一身でここ何日も鍛錬しているわけなんだが……そろそろ挑戦しないとまずいんだよな」

ゲーム開始の入学式まであと半年程度と時間がない。

これを逃せばヘラと同じ学年になることは不可能なので、絶対に遅れるわけにはいかないのである。

「これでラストにするか」

「グルルルルルル……」

俺は対戦相手兼食料である、赤黒い体色に強固な鱗《うろこ》、翼と一体化した腕を持つドラゴンの近縁種のブラッドドラグーン（レベル一五〇）を前に、拳に青白く光る雷電を纏《まと》って構える。

シンは世界最高の雷魔法の使い手だが、俺が転生したことにより当初は弱体化していた。

その為こうして毎日適当なモンスターと戦闘をして俺が経験を積んでいたというわけだ。

「お前には今のところ全敗だからな……今日こそは勝ってやるよ」

「ガァアアアアア!!」

俺は拳に纏っている雷電を前方に撃ち出す。

轟音《ごうおん》を鳴らしながら空を真っ二つに裂くほどの雷が一瞬にしてブラッドドラグーンに直撃。

「グアアアアアアアアア————ッ!?」

ブラッドドラグーンが苦しげに雄叫《おたけ》びを上げるが、さすがレベルカンストの相手。

一発で城を余裕で壊せるほどの威力を誇る俺の雷を受けて、意識を保っているどころか動くことができるのだから。

しかし————そんなことはすでに分かりきっている。

「まだまだいくぞ————ッ!」

俺は雷を脚に纏って地を蹴る。

同時に雷が轟《とどろ》き、地面を大きく揺らした。

「ッ!?」

「————《雷爆》ッッ!!」

一瞬にして目の前に現れた俺に驚くブラッドドラグーンに雷電が纏われた拳が勢い良く突き刺さる。

瞬間————雷光が薄暗い森の中を明るく照らし、すさまじい爆裂音が響き渡った。

さらに『ドスンッ』という重低音と共に、腹に巨大な風穴を開けたブラッドドラグーンが地に伏してその命を散らした。

「ふぅ……久しぶりに戦ったけど意外と余裕だったな」

俺はブラッドドラグーンの尻尾《しっぽ》を持って引き摺《ひず》りながら家に持ち帰る。

この身体《からだ》は大量に食べるので、体長一〇メートル超えのこの巨体でも二週間もかからないうちに食べきってしまう。

ちなみに俺の家は森の中の比較的周りに木々の少ない場所に建っており、見た目は地球でいうところのログハウスに似ている。

よく一人で地球のログハウスと遜色ない立派な家を造ったよなぁ……なんて考えながら俺は魔力を手刀に込めて素早く手を動かす。

するとまるでバターのような滑らかな断面でブラッドドラグーンの切り身ができていく。死んだモンスターは体の周りを覆う魔力が無くなるため、防御力が著しく落ちるのだ。

「明日は奴に挑むから、しっかりエネルギー補給をしないとな」

俺はふと鏡に映る自分の顔を見た。

黒髪黒目の少しイケメンだが、この世界ではモブ顔と言えるだろう。

そして筋肉質だがムキムキとまではいかない身体。

それだけ見れば頼りない。

ましてや一人の人間の運命を変えることができるとは到底思えない。

しかし――――。

「――――絶対に救ってみせる。俺が、この手で……！」

その為にお前の力を手に入れるぞ。
覚悟しておけ――――ゼウス。

◇◇◇

シンがブラッドドラグーンを解体していた頃。

鬱蒼と木々が生い茂る森の中心部では、辺りに膨大な雷と電撃を侍《はべ》らせる一人の老人――――雷を司る神が空をぼんやりと見上げながら呟《つぶや》いた。

『……明日は久しぶりに忙しくなりそうじゃな』

◇◇◇

――――次の日。

「よし、それじゃあ行くか」

俺は全身ガチ装備で家を出る。

ガチ装備と言っても、魔力伝導率の良いミスリルの短剣と、全魔法ダメージ減少のピアスをしているだけだが。

装備を確認した後、脚に魔力を纏う。

ちなみに、この森は普通に歩いていたら死んでしまうので、魔力を纏って脚を保護すると同時に、移動速度を上げる意味もある。

俺は軽く地面を蹴って木の枝に飛び乗ると、ジャンプしながら木々を飛び移って進む。

前世でこんなこと一度はしてみたいなぁ……と思っていたが、こんなところで叶《かな》うとは。

人生、本当に分からないことだらけだな。

そんな爺《じい》さんみたいなことを考えていると、俺の目の前に数匹のトロールジェネラル（レベルは一〇前後）と呼ばれる巨人を見つけた。

向こうはまだこちらに気付いていないようなので――――このまま突っ切る！

一瞬にして脚に雷を纏うと、雷速でトロール達を抜き去り、その姿が遥《はる》か後方にまで見えなくなるほどの地点で解除。

昔は数秒掛けて発動させていたが、今は少し思うだけで何なくエンチャントできる。

「ふぅ……やっぱりこの森は物騒だな……」

細心の注意を払って進んでいるものの、その分精神的な疲れも大きい。

普段は家の周りでしか活動していないのも一つの要因だろう。

「あ、そうだ。これでもしかしたら気付いてもらえるかも」

俺はふとこの森に住んでいる雷の神霊————ゼウスについて思い出したことがあった。

それは、ゼウスがこの世界の全《すべ》ての雷を支配している、という設定だ。

確か公式のファンブックに書いてあった気がする。

まぁうろ覚えなのでイマイチ信憑性《しんぴょうせい》に欠けるが、やってみて損はないだろう。

俺は一際大きな木のテッペンに飛び移り、詠唱を始める。

「——天の怒りよ、轟け——《天雷》」

空に突如雨雲が現れて『ゴロゴロ』と雷鳴が鳴り出す。

狙うはゼウスのいる森の中心。

そして————カッッと眩《まばゆ》い光が飛び散ると数瞬遅れて轟音と地響きが辺りを襲った。

木々が揺れて、数十キロ以上離れている俺のところまで振動が届く。

さて……ゼウスは反応してくれたか……？

俺はゆっくり目を開けると————そこには先ほどと何の変わり映えもない鬱蒼とした暗く悍《おぞ》ましい雰囲気を纏った森が広がっていた。

どうやら俺の賭けは当たっていたようだ。

『――――何しにここに来たのじゃ……？』

少しボサボサの白髪に、七〇代くらいの老人のような顔とムキムキな姿をしたゼウスが全身に雷を纏って現れる。

雷の杖《つえ》を持ち、古代ギリシア人が着ていたとされるキトン服のような見た目の雷の服を着て、雷によって光る碧眼《へきがん》で遥か上空から俺を見下ろしていた。

その威圧感は俺の所まで届き、ビシビシと俺の肌を打つ。

全身が粟立《あわだ》ち、額から汗が流れ落ちる。

しかし――――俺は敢《あ》えて獰猛《どうもう》な笑みを浮かべる。


「――――お前の力を手に入れに来た」

『――――なら儂《わし》を倒してみるんじゃな』


俺とゼウスの雷電が空の中腹で激突した。

『どうしたんじゃ？　この程度かのぉ？』

「……っ、まだまだこんなもんじゃないっ！」

俺は両手に雷電の槍《やり》を創り出し、雷速で撃ち出す。

しかし――――ゼウスが片手を構えるだけで槍は急速に速度を低下させ、最後には消えていく。

くそッ……雷は戦闘中も効かないのか……！

俺は舌打ちしながらも牽制《けんせい》の雷電を素早く撃ち出して身体を森の中に隠す。

『お？　作戦変更かの？』

ゼウスが嬉《うれ》しそうに言う。

やはり長年生きているせいか、俺の考えなど見透かされている。しかし、それ以外に手は無いのでこうするしか無い。

俺は雷を解除して、純粋な身体能力だけで森の中を疾走。

ゼウスはおそらく俺から発生する雷を感知して俺の居場所を特定しているはずなので、解除すればバレないはず。

『――それなりに頭を使ったみたいじゃのぉ。だけど……その程度で儂を撒《ま》けるとは思わないことじゃな』

「っ!?」

突如俺の目の前にゼウスが現れ、ニヤリと笑った。

俺は驚きに一瞬身体が硬直するも、すぐにその場を飛《と》び退《の》き、方向転換して森の中に逃げ込んだ。

「どういうことだ……？　なぜバレたんだ？」

十中八九俺の仮説が間違っていたということだろう。

しかし雷でないなら何に反応しているというのだろうか。

魔力は隠しているので魔力感知の線は薄い。

なら一体なぜ……？

『――知っておるか？　あらゆる物質は電気を帯びておる。そして――それは人間も例外ではないんじゃよ』

「っ⁉　くそッ……静電気か……‼」

確かに動けば少ないが確実に静電気は発生する。

それをゼウスは感知していたんだ。俺は逃げても意味がないことを悟り、その場で応戦することに決め、全身に蒼白《そうはく》に輝く雷電を纏う。

全身がゼウスと同じ雷電の身体に変化する。

『ほぉ……まさか儂と同じように雷の身体に変化できるとは……やるのう』

「そう言うくせに随分と余裕そうだな……！」

俺は地面を蹴り、雷鳴を轟かせながら瞬《まばた》きするより速くゼウスの懐に入って拳で穿《うが》つ。

自身の身体に纏われた雷はほとんどが俺の支配下に置かれているので無効化されることはほとんどないだろう。

『ほう……使いこなしておるな』

ゼウスは俺の拳を杖で防御しながら感心したようにもう片方の手で顎髭《あごひげ》を撫《な》でる。

そんな余裕な様子のゼウスとは対照的に、俺は結構マジで攻撃しているのだが……面白いほどに全然当たらない。

おかしいだろ……こちとら雷速で動いてんだぞ……？

それに最強ヒロインに身体能力的には世界最強ってお墨付きをもらっているんだが。

俺はフェイントや緩急をつけて拳だけでなく脚も肘も膝も頭も使って攻撃を繰り出しているが……一向に当てられる気がしない。

『ほっほっほっ……お主《ぬし》強いのぅ。小僧なんて言って悪かった』

「そう言う割に余裕そうだけどな……っ」

『確かに他の神霊達ならもう少し善戦していたかもしれん。何なら水の神霊なら勝てるんじゃないかの？』

まるで自分が神霊のなかで一番強いと言っているような言い草で宣《のたま》うゼウス。

しかし俺は自分でもそこらの精霊よりも強いと自負しているが、そんな俺が手も足も出ていないのであながち間違いではないのかもしれない。

「ふぅ………」

『ん？　何をする――――!?』

俺はゼウスの話している途中に目を瞑《つぶ》り、魔法を解除する。

そんな俺の突飛な行動にさすがにゼウスも驚いたらしく、言葉を止めて息を呑《の》む音が聞こえてきた。

『儂に勝つことを諦めたのか……？』

「違う」

『ならその姿で勝てると――――な、何じゃそれは⁉』

ゼウスが今日初めて叫び声を上げた。しかしそれもしょうがないだろう。

「俺はまだ諦めてなどいない……！」

俺の右手に集まる膨大な雷電が、お互いに弾《はじ》きあってさらに激しく、より強く、大きく変化する。

その余波だけで雨雲を引き寄せ、雷鳴を轟かせ、空を荒れさせた。

俺は拳を握り、全魔力をこの一撃に賭ける。

「――――我が手に宿れ神なる龍よ。その威光で、力で世界に知らしめろ――――」

俺の身体を中心に圧力で地面が陥没し、辺りに地震が発生する。

森がざわめきモンスター達はその圧倒的な魔力に恐れ慄《おのの》き逃げ出していく。


「――――《雷龍神》ッッ‼」

――――世界を激しい雷が包み込んだ。

◇◇◇

「はぁはぁ……ど、どうだ……はぁ……はぁ……」

俺は全身を襲う疲労感に必死に抗《あらが》いながら、吐息交じりに言葉を紡《つむ》ぐ。

すでに俺の魔力はスッカラカンなので立つこともままならない。

この世界では魔力がなければ、生物は生きるのが困難な世界なのだと改めて実感させられる。

「はぁ……はぁ……」

俺の目の前には半径数十メートルを優に超える巨大なクレーターができており、周りの木々は燃え尽き吹き飛び、空は未だ雷雲が停滞していた。その中心であるゼウスのいた場所は、砂埃《すなぼこり》が舞っていて視界が悪く、雷が帯電しているせいかなかなかそれが収まらない。

「どうなった……?」

俺は過度に魔力を流しすぎたことでダメになった右手を押さえ、ゆっくり近づく。

魔力が少しでもあれば魔力感知を行えるのだが、生憎ないので目視での確認が必要不可欠となる。

俺はクレーターの縁に立ち、中を覗《のぞ》き込む。

中は正しく電気の溜《た》まり場と化しており、普通の人間が飛び込めば即座に感電してお陀仏《だぶつ》になりそうである。

これを見せられたら大層危険な技を使ったものだと自分が恐ろしくなるな。

「さすがに……死にはしないだろうが……傷くらいは付いていてほし――――」

『――――やるのう。久しぶりに怪我《けが》したわい』

突如クレーターの中心部で竜巻のような風が発生し、そこから全身に擦《す》り傷《きず》のようなものを負ったゼウスが現れた。

その表情は子どものように嬉しそうである。

「はっ……化け物め……」

俺は最後に『カッカッカッ』と笑うゼウスを見ながら意識を暗転させた。

◇◇◇

「――――はっ!?」

俺はヘラが闇堕《やみお》ちする悪夢を見て飛び起きる。

急いで辺りに視線を巡らし、どこか分からない部屋であることを確認して、とりあえずヘラが闇堕ちしていないことを理解してホッと安堵《あんど》のため息を吐《つ》く。

「痛っつぅ～～……ここは──」

『──儂の家じゃよ』

声のした方へ目を向けると、そこには二つのマグカップを持ったゼウスの姿が。

家だからか結構ラフな格好をしており、とても先ほどの作中世界最強の俺を手玉に取っていた最強じーさんには見えない。

「……随分と人間臭い家だな」

『まぁ儂は人間の文化が好きじゃからのう。とても便利じゃよ』

俺の前のテーブルにマグカップを置いて『ホッホッホッ』と笑うゼウス。

その姿は孫の世話をするおじいちゃんのようだった。

「どうしてここに連れてきた？」

『まぁそんな焦るでない。まずはコーヒーでも飲んで気分を落ち着かせなさい』

もちろん変なものは入ってないわい。と朗らかに笑うゼウスに気を抜かれ、俺はマグカップを手に取った。

マグカップからコーヒーの香ばしい香りが漂ってくる。

「はぁ……まぁコーヒーに罪はないか……うまっ」

前世も合わせて一番うめぇ。

マジでこれ、どうやって作ったんだ？　俺が驚きに目を見開きゼウスを見る。

ゼウスは俺の言いたいことが分かったのか、コーヒーに口をつけながら言った。

『美味《おい》しいじゃろう？　儂もこれを見つけた時は同じように驚いたもんじゃ』

「……これは本当に美味《うま》いな」

『そうじゃろうそうじゃろう。お主の前世でも味わったことのない美味しさじゃろう』

「っ⁉」

俺はソファーから立ち上がり魔法を発動させようとするが、その前に魔法無効化《マジックキャンセル》という高等技術で魔法を打ち消されてしまった。

「……なぜ知っている？　誰にも言っていないはずだが？」

『そうかっかするでない。儂はこれでも神じゃからのう。これくらいは見ただけで解るのじゃよ』

「……めちゃくちゃだな、神っていうのは」

『じゃから神と崇められるんじゃ。まぁ儂のことはすでに誰も覚えてはいないじゃろうがな』

もうここに棲《す》み始めて数百年は優に超えておるしのぅ。とあっけらかんと言うゼウス。

俺は少し戦闘を楽しんでいたゼウスの気持ちが分かった気がする。

『それじゃあ儂に話してみ？　きっとその前世と、儂に契約を迫るのには何か理由があるのじゃろうからな』

その言葉に俺は返答に詰まる。

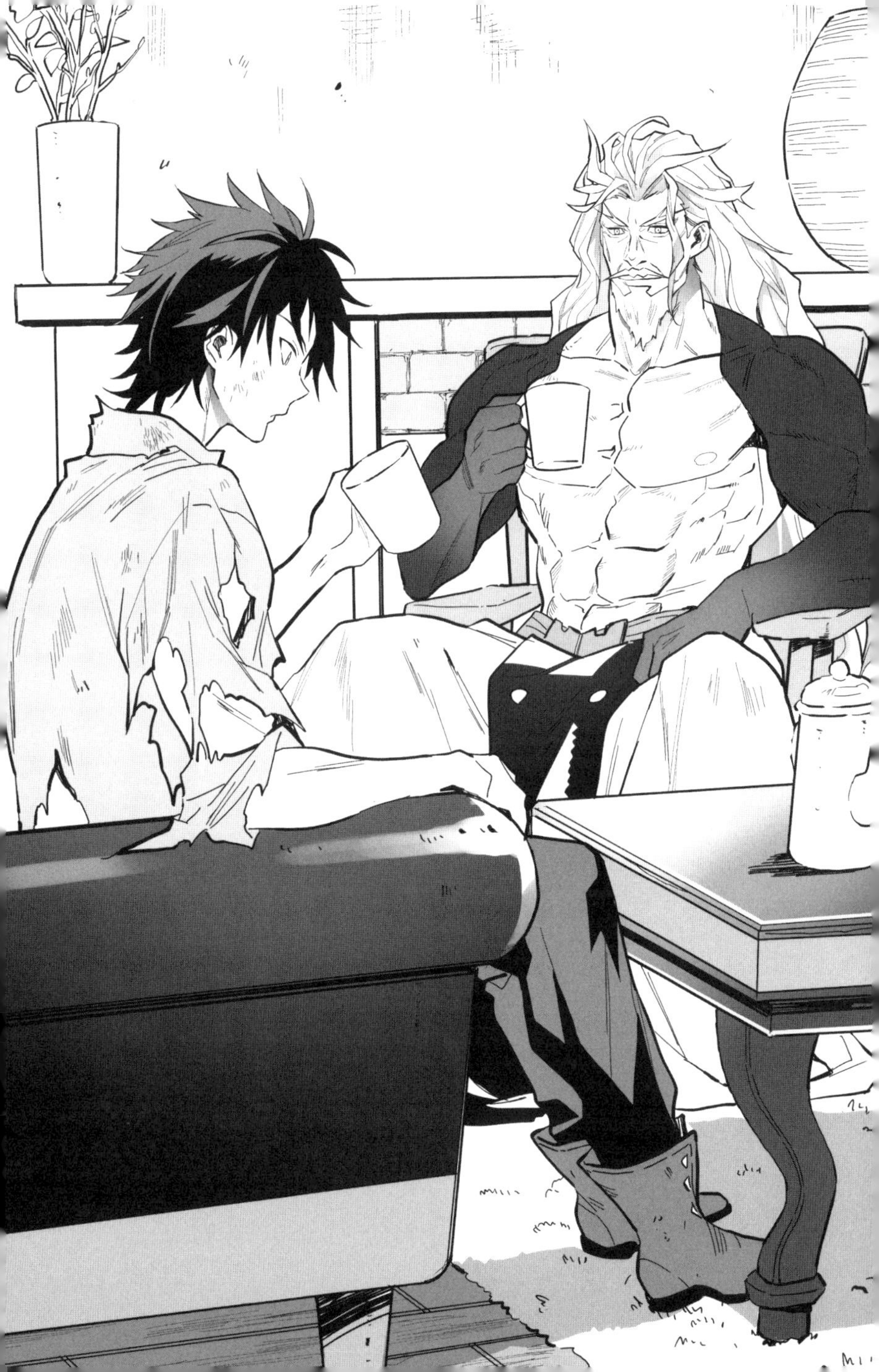

……ここで言うべきか？

いや、契約をしてないのに迂闊に話すのは危険すぎる。

もしゼウスに話してストーリーに影響が出れば、俺の原作知識というアドバンテージがなくなることを意味するわけだ。

そうすればヘラの闇堕ち回避が余計難しくなる。

だが――ここで俺が奴を信頼しなければ契約はできない気がする。

「はぁ……分かった。言うよ」

『おお!!　久しぶりに面白そうな話が聞けそうじゃ！』

そう言って子どものように目をキラキラと輝かせるゼウスに真剣な表情で告げた。

「俺は――この世界にいる一人の少女を救いたいんだ」

◇◇◇

『なるほどのう……この世界のことをゲームとやらにしたものがあるのか……』

「実際はそれを忠実に再現した世界がたまたまあったというだけかもしれないけどな」

俺自身、本当にこの世界があのゲームと全く同じかと言われると答えることができない。

「ただ、この世界にヘラがいることはすでに確認済みだ。ヘラは神童と呼ばれるほど優秀だからな」

実際、最終的には超越級の精霊と契約をしているので、神童と呼ばれるに値するだろう。

この世界では超越級ですら三〇人もいないからな。

『ふむ……お主は儂ら以上に未来のことを知っているということじゃな？　儂らも未来までは分からんからのう』

「俺というイレギュラーを抜いたら、な。俺が精霊学園に入学することでどんな影響が出るかは分からないからな」

だが、彼女の闇堕ちを阻止するには入学は必須。

何としても入らなければならない。

『お主……何歳かの？　見たところ一五歳は過ぎているようじゃが……』

「一八だ」

『年が違うのはどうするのじゃ？』

「一五歳でもこのくらいの身長の奴は腐るほどいるだろ。親もいないし、経歴なんて誤魔化《ごまか》せば何とでもなる」

俺の身長は一八〇にギリギリ届かない程度。この世界は前世とは違い、一五歳の平均身長が一七五くらいなので、俺くらいの人はメインキャラクターだけでも何人もいる。
そもそも主人公が一八〇センチだし。
『お主……見かけ通り大胆なことをする人間じゃな……』
ゼウスが俺のことを若干引いた目で見てくるが、このくらい無視無視。
彼女の為ならどうせ一度亡くなったこの命、喜んで差し出そう。
「それで、俺と契約してくれるのか?」
俺は先ほどからずっと気になっていたことを訊《き》いてみる。
最も重要なのはここだ。
改めて分かったが、俺の今の力ではほとんどの神霊に勝てない。
そんなことではヘラの闇堕ちを回避することは不可能だ。
彼女の闇堕ちを手助けする奴らには二人ほど神霊契約者がいるからな。
『結論から言うと……現時点では無理じゃな』
「……何?」
現時点では無理だと……?
「……俺に何が足りないんだ?」
『お主、雷魔法ばかり使っていたじゃろ?』
まぁゼウスと契約するにはある程度の雷魔法の熟練度が必要だからな。

おそらくあの口ぶりからして雷魔法の熟練度は満たしているのだろう。

ということは――――。

「――――他に何か必要なのか……？」

『正解じゃ。お主は無属性魔法をほとんど使っておらんじゃろ？　そのままじゃと儂と契約するには身体が持たんぞ？』

「………………」

そうなのか……コイツと契約するには無属性魔法も必要なのか……。

ちなみに無属性魔法とは、身体強化や魔力障壁、果ては魔法無効化などの魔法の総称のことだ。

魔力があれば誰にでも使える魔法であるが、その分難易度は高い。

魔法無効化ともなると何十年も無属性魔法を追求し、様々な魔法を受けてきた者にしか扱えないとされているほどだ。

確かに俺は大体身体強化を少し使う以外は無属性魔法というのをほとんど使っていない。

主な原因は全て雷魔法で事足りたというのと、シンプルに無属性魔法の種類をほとんど知らないという点だ。

ゲームでは身体強化以外は基本使わないし、魔法無効化も一〇回受けた魔法でなければ無効化できないという面倒な枷《かせ》もあったので、一度も使っていない。

「なるほどな……じゃあ俺に無属性魔法を教えてくれ。五ヶ月の間に」

正直ここから学園までは雷魔法を使えば数分もかからず着くので、ギリギリまで修行ができるはずだ。

俺が真っすぐゼウスを見つめて頼み込むと、ゼウスは少し笑みを浮かべた。

『最近は暇しておったから良いぞ。一二〇〇年ぶりに儂と契約できるやもしれぬからの』

どうやらゼウスの前の契約者は一二〇〇年前に死んでいるらしい。

いくら何でも契約しなさすぎでは？

基本四属性の神霊は大体一〇〇年に一度くらいで契約者を変える。

そして公式では氷の神霊であるスカジが五〇〇年もの間、契約者を取っていないとされているが、それの二倍以上となると、さすがに契約しなさすぎではないだろうか。

『儂は縛られるのが嫌なんじゃよ。面白ければ別じゃがな。その点、お主と一緒にいれば楽しそうじゃ。それじゃあ早速《さっそく》始めるかの』

そう言って椅子から立ち上がり、玄関を出て行くゼウス。

俺はそんなゼウスを見失わないように後を追う。

そして少し行ったところで……。

「……これは？」

俺は自分の手足と背中に付けられた重りを見ながら懐疑の瞳をゼウスに向ける。

そんな俺の視線を向けられたゼウスはあっけらかんと言い放った。

『今から儂特製の重りに魔力を込める。そうすればその重りは最大一〇倍にまで重たくなるじゃろう。それを背負って木をへし折らないように木々の枝を渡って儂についてくるのじゃ』

「じゅ、一〇倍だと!?　このままでも総重量三〇〇キロくらいはあるぞ!?」

『ん？　身体強化を使えれば余裕じゃよ。今のお主の身体強化では厳しいじゃろうがな』

いやどう考えても無理だろ。

人間が三〇〇〇キロを背負って木の上に登れてたまるか。

象一頭分くらいの重さだぞ。

『あ、もちろん身体強化以外の魔法を使うのも禁止じゃよ』

「…………鬼畜ジジイめ……」

俺はそう毒づきながらも、ヘラの為と何度も心に言い聞かせて身体強化を全身に施した。

◇◇◇

――――約五ヶ月後。

「はぁ……はぁ……ゴホッ……はぁ……はぁ……」

『うむうむ、予想より早く儂の速度に追いつけるようになったのう。これは鍛え甲斐《がい》がありそうじゃわい』

「爺さん……アンタは鬼か……？　何が一〇倍だよ……一〇〇倍の間違いじゃねぇか……！」

『一〇倍くらい誤差じゃろう？』

「そんなわけ――ゴホッゴホッ！　あ、あるかッ！」

俺は全身汗だくの状態のまま、地面に寝転がる。

地面に寝転がれば汚くなることくらい分かるが、今はそんなことを気にする余裕すら俺にはなかった。始めにやらされた追いかけっこに加え、爺さんの繰り出す攻撃を回避または受け流す（回避できなければ普通に攻撃を喰《く》らう）という鬼畜の所業までやらされ、さらには数ヶ月の間ずっとこの重りを装着させ続けられた。

正直死ぬかと思った。

というか、全身の骨が粉々に砕けそうだったし、常に魔力で身体を強化しないと潰れてしまうので碌《ろく》に寝ることすらもできなかった。

しかしその対価として――。

『――身体強化と魔力障壁の習得おめでとう。よくやり切ったのう』

「あ、当たり前だ……俺はヘラの為なら死ねる男だぞ……！」

俺は恐ろしい速度で身体強化をほとんど完璧にモノにし、魔力障壁もある程度の練度まで持っていくことができた。

今までは身体に纏わせていただけだったが、今では全細胞に魔力を纏わせることも、一部分だけに身体強化を施すことも可能になった。

そのため身体能力、反射神経、思考速度、防御力のどれを取っても五ヶ月前とは比べ物にならないほど上昇している。

今になって思えば、今まで俺が使っていた身体強化は身体強化とは言えないほど杜撰《ずさん》で、まるで子どものお遊戯のようなものだった。

さすがに雷を纏ったときほどの速度は到底出せないが、音速ギリギリ程度なら筋肉が千切れるのを覚悟で走れば出るだろう。

普通に走ってもリニアモーターカーよりは速く走れる。

魔力障壁はそもそも今まで使ったことがなかったが、使ってみると応用がしやすくて使いやすい。

一気に戦闘の幅が広がる優秀な魔法だった。

『じゃあ儂と対戦してみるか？　どうせシンも戦いたくてウズウズしておるんじゃろう？』

「俺は爺さんみたいな戦闘狂じゃないぞ」

まぁ爺さんの言う通り、今の自分がどれくらい通用するのか知りたいと感じている自分がいることは確かだが。

しかしさすがに今からは普通に身体が死ぬ。

『どうするんじゃ？　儂はそんなひ弱な男と契約なんてせんぞ？』

「……チッ……足元見やがって……。ぶっ潰してやる」

俺は結局、上手い具合に乗せられて爺さんとの対戦を受けてしまった。

『儂はいつからでもよいぞ。先手はシンに譲ってやろう』

「ふぅ……もうこれ外していいんだよな？」

俺は自身の手足と背中に取り付けていた重りを指差す。

正直、これを背負ったままではボコボコにされる未来しか見えない。

『よいぞ』

「よし…………軽い……！」

俺は『ドスンッ』という音と共に、突然自身の体が羽のように軽くなるのを感じた。

あまりの軽さに無意識に言葉が洩《も》れてしまうほどに。

これが本来の俺の体重なのか……？

五ヶ月前とは違い、まるで重力が掛かっていないかのように感じる。

今なら身体強化せずに一〇〇メートルくらい飛べそうだ。

俺はグッと拳を構えると——身体強化を施して一気に三〇メートルほど離れた爺さんに向かって駆け出した瞬間。

「……ん？」

俺は自分でも気付かないうちに爺さんの目の前に移動していた。即座に脳と神経に身体強化を施して思考速度と反射能力を強化。

すぐに状況を理解してそのままの流れで拳を振り抜く。

「────はっ!!」

瞬間────ものすごいソニックブームと空気が爆発する音が辺りに響き渡る。

空気が揺れて木々が吹き飛ぶ。

しかし────爺さんは平気そうな顔で嬉しそうに立っていた。

「……ほんと神霊って奴は規格外だな」

『儂もそう思う。これが普通の人間なら跡形もなく粉砕されているじゃろう……な！』

爺さんが身体に力を入れて自慢のムキムキの肉体を露《あら》わにする。

その反発力で俺の拳は撥《は》ね返され、数メートル吹き飛んだ。

しかし空中で体勢を変えると、そのまま再び攻撃に転じる。

今度は片腕に魔力を集中させて、虚空を素早く弾くように殴る。

すると────拳によって押し出された空気が拳圧となって爺さんを襲った。

『おお！　そんなことまでできるようになったんじゃな！　腕を上げたのうシンよ！』

爺さんはそう言って嬉しそうに笑うと、目に見えないはずの拳圧をまるで見えているかのように避けた。

しかしそれはブラフ。本命は――――。

「――――こっちだ……！」

俺は音もなく爺さんの背後に移動すると、再び片腕に魔力を込めて爺さんを殴る。

爺さんはものすごい反射神経で俺の攻撃を腕で受け止めるが――――。

「それは、予想通りだぞ」

受け止めた瞬間に魔力が俺の拳と爺さんの腕の間で爆発して、爺さんを上空へと大きく吹き飛ばす。

爺さんは少し驚いたように目を開いたが、未だ楽しそうな笑みを浮かべたままどこか余裕そうだ。

その余裕顔、俺が崩してやる。

「《障壁》」

俺は吹き飛んだ爺さんを追いかけてジャンプすると、魔力障壁を発動。

そして――――障壁を踏んで再び跳躍。

『ほう……もうアレンジもできているようじゃな。相変わらず戦闘が上手いのう』

「お褒めの言葉ありがとう。ただ――――そんなに余裕ぶっていて大丈夫か？」

『何がじ――――っ⁉』

爺さんは周りを見遣《みや》り初めて余裕の笑みを消した。

今、爺さんの周りは俺の魔力障壁で完全に囲まれていて、相当な魔力を注ぎ込んでいるので簡単に破られたりはしない。

「────食らえッ!!」

俺は両腕に魔力を込め、全力で何度も虚空を殴る。すると、魔力の乗ったいくつもの拳圧が爺さんを襲う。

『またそれかのう？　さすがに当たりはしないぞ？』

その言葉通り、全てを回避してみせる爺さん。

しかし俺はそんなことなどとっくに予測済みである。

「なぜ俺が魔力障壁で囲んだと思う？」

『………………お主、やるのう』

爺さんは跳ね返った拳圧を魔力障壁で防御するも、全てを防ぐことはできず、数発当たってしまった。

『もうこれくらいで良さそうじゃな』

「ああ。爺さんの度肝を抜かせただけで俺は満足だ」

『……シンよ、お主に少し頼みごとがある』

爺さんは少し真剣な表情でそう呟くと、俺の目を見て口を噤《つぐ》んだ。

『儂の悩みの種を何とかしてくれんか？』

「……とりあえず聞くだけは聞こう」

俺は少し考えたあと、そう返答する。

何を頼まれるのか分からないため、すぐには返事はできない、と付け加えて。

そんな俺の言葉に「まぁそうじゃろうな」と頷《うなず》いた爺さんは、改めて話し始める。

『儂ら精霊の対極にいるモノをお主は知ってるか？』

「あー……名前だけなら」

ゲームの進行上、精霊と対極にいるモノ――――邪霊や邪神と呼ばれる奴らのことをあまり深掘りしない。

ヘラは確かに邪神と契約するが、その邪神も主人公に倒されるし公式ファンブックでも詳しいことが書いてあるわけでもないので、情報はほぼ皆無といってもいいくらいである。

『ふむ……じゃあまずは邪霊と精霊の関係性から説明しようかの。まず、精霊は自然が意思を持つことで生まれるのじゃ。しかし邪霊は生物の負の感情から生まれる』

自然が意思を持つね……生物の負の感情から生まれるというのは幽霊とか怨霊とか前世でもあったので分かりやすいが、自然が意思を持つというのが理解できないな。

自然って考える力ないだろ。

しかし実際に精霊――――それも精霊のトップである神霊の爺さんが言っているのだから間違いないのだろう。

甚《はなは》だ疑問ではあるが。

「それで、邪霊はどんな害があるんだ？」

『邪霊は生まれたときの感情のみで動く奴がほとんどじゃから基本は知能が低い。それにその程度ならピンキリで、普通に討伐できるレベルじゃから問題ないのじゃが……たまに人間や儂ら精霊にも匹敵する知能を持ち始める個体もいるんじゃ』

「それが邪神という奴なのか？」

『うむ。奴らは高度な知能を持ち、邪霊共や人間を取り込んで、邪霊とは一線を画す力を持ったものが邪神じゃな。それは最低でも上級精霊以上じゃ』

最低でも上級……そんなの人類のほとんどは対抗できないじゃないか。

この世界で王級精霊以上の契約者は上位一パーセントにも満たない。そもそも精霊と契約できる人間も全人口の半分にも満たないはずだから、普通に邪神が現れたらその国とか街は終わりだな。

「それで、ソイツらがどうした？」

『実はのう……その邪神がこの森にいるのじゃ』

「…………は？　何でこの森にいるんだよ？　爺さんがいるじゃん。とっとと消滅させろよ」

『そうしたいのはやまやまなんじゃが……精霊は入れん場所にいるのじゃ。正確に言えば精霊の苦手な魔力が蔓延《まんえん》している場所じゃな』

「……それって迷いの森か？」

『そうじゃ。あそこは儂ら神霊でも様々な悪影響が出るのでな……あと普通に面倒』

「おい、思いっきり本音が漏れてるぞ」

というか爺さんが行かない理由は主に最後に言ったやつだろ。

普通の精霊ならまだしも爺さんは神霊なんだから迷いの森くらいどうってことないだろうに。

――――迷いの森。

ゲームのストーリーで主人公達を案内していたシンも一緒に迷い込み、初めてシンが戦闘を行った場所である。

常に濃い霧が立ち込め、数メートル先も見えない。

さらに言えば、その霧が魔力を反射するため魔力感知も機能をなさないので、いわゆる魔法使い殺しで有名な場所でもある。

「……これを解決したら契約してくれるのか？」

『もちろんじゃ！　お主はすでに儂と契約する条件をクリアしておるし、邪神がいなくなれば儂がここにいる理由も無くなるからのう』

「はぁ……分かった。やってやるよ」

俺は仕方なく、本当に仕方なくやることに決めた。

◇◇◇

「じゃあ行ってくる」

『気をつけての。まぁお主がやられるとは思わんがのう……』

俺はあのあと数時間体を休め、食事を取ってから出発する。

一応すぐに帰ってくる予定だが、何があるか分からないので食料と寝袋も持っていくことにした。

俺は全身に身体強化を施して木々に飛び乗る。

最近は地面を走るよりも木々を飛び移って移動する方が多かったせいか、森の中ではそちらの方が移動速度が速くなってしまった。

俺は全速力で迷いの森の方向へと駆ける。しかし、まさか迷いの森に邪神がいたとは……仮にヘラが契約していた邪神だったら絶対に跡形もなく消滅させてやる。

「……ここか？」

俺は濃霧が視認できる距離まで辿り着いた。

これまでに掛かった時間はわずか五分程度。

モンスターにもバレることなく進めたので、相当な時間短縮ができた。

「ふぅ……よし、入るか」

俺は濃霧の中に飛び込むと同時に、眩い光を放つ雷を濃霧に反射させて拡散させる。

途端────。

「「「────ギャアアアアア⁉」」」

どこからともなくモンスターの悲鳴が辺りに響き渡る。

さらにその悲鳴が鳴り止む頃には俺を覆っていた濃霧が前方数十メートルが見えるくらいまで薄くなった。

そう────この濃霧はモンスターが発生させた現象なのだ。

ゲームではカクレザルという名前のモンスターがいて、霧を発生させて姿をくらまし奇襲をするという結構怖いモンスターである。

しかし、すでにそいつらとは何十回と戦っている俺はもちろん対処法を知っていた。

まぁ対処法と言っても、範囲攻撃で先制攻撃をするという至って単純な方法だが。

「ただコイツら普通に強いんだよな……」

俺の目の前には全身の毛を焦げさせ、色んなところを怪我している数匹のカクレザルの群れ。

コイツらの単体のレベルは一二〇。

こんな奴に奇襲でもされればひとたまりもないだろう。

つくづくこの世界の知識があってよかったと思ってしまうな。

俺がそんなことを思っていると、自身のテリトリーを侵されたカクレザル達が連携を取って攻撃を仕掛けてきた。

まず二体のカクレザルが霧を発生させ、その間に俺が二体の邪魔をできないように接近戦を挑んでくる。

その二体も息ぴったりで、同じくらいの実力、または多少上程度では余裕で負けるだろう。

しかし――――俺には当て嵌《は》まらない。

「ふっ――――!!」

俺は軽いフットワークでカクレザルの攻撃を避けると、反撃とばかりに手刀に魔力を込めてカクレザルの首を同時に斬り飛ばす。

二体は声を出す間もなく胴体と首が泣き別れをすることとなった。

さらに俺はその流れで魔法を発動。

「《雷轟《らいごう》》」

雷鳴を轟かせて敵へと瞬時に向かう雷電が、カクレザルの数メートルの巨体を軽々と包み込んで消滅させた。

辺りには未だ雷電が帯電しており、絶えずカクレザルへとダメージを与えていたために、意外とあっさりと攻略してしまったようだ。

「よし、肩慣らしには丁度良かったな」

俺は現時点では彼らのような巨大な生物を飼うことはできないので倒すしかない。

しかし仮にこいつらの素材を売れば、余裕で落ちぶれた家門を復興させることができるだろうな。

「まぁそれは今はどうでもいいとして……とっとと先に進むか」

俺は死体を残して森の奥へと進んだ。

幾分かマシになった霧の中を歩いて行く。

死体を残したため、そちらにモンスターが集まって俺自身はモンスターには遭遇しないものの、霧が晴れたところでこのウネウネした木々の隙間を縫って進むのは相当疲れる。

大体こういうのはショートカットがあるのだが、この迷いの森だけはそういった類《たぐい》のものは存在しない。

純粋に最短ルートを進むしかないのである。

「まぁだからゲーム内一不人気だったわけだが――――っ？」

俺が鬱蒼と茂る背の高い草を掻《か》き分《わ》けていた時だった。

ふと俺はある違和感を覚えた。

何かこう……突然自分のいる場所が分からなくなったというか、異界に迷い込んだかのような、そんな感覚だ。

とにかくなぜか不気味だった。

俺はその違和感の正体を掴《つか》もうと辺りに視線を巡らせる。

そしてすぐに気がついた。

「…………洞窟？」

背の高い草に覆われるようにして隠れていた洞窟が、異様な雰囲気を放っていた。

さらにその周りにはモンスターはおろか、虫も、鳥も、果ては風すらも吹いていない。

「……こんな場所、ゲームであったか？」

俺は自身の記憶を思い起こしてこの洞窟を検索にかける。

すると意外とすぐに思い出した。

「ああ……ここはダンジョンだったな」

この世界には、ダンジョンというものが存在する。

といっても明確な入口などは存在せず、洞窟だったり、霧に覆われていたりなどの魔力が籠《こも》りやすい場所に魔力が飽和状態まで溜まった時のことを指す。

おそらくこの洞窟は『忘れ去られた過去の遺産』とかいう変な名前だったはずだ。

この中に生息するモンスターは全てレベル一三〇以上で、ボスは存在しない。

というか、全てのモンスターがボス級に強いという結構鬼畜なダンジョンである。

しかし……どうやらこの静けさはダンジョンのせいだけではないらしい。

先ほどから殺気をめちゃくちゃ感じているのだが……モンスターの姿が見当たらない。

「はぁ……殺気の正体も分からないし、とりあえず入る――――ッ!?」

俺がダンジョンに踏み入ろうとした次の瞬間――俺の身体を狙う剣が、俺の目の前を通過していった。

急いで飛んできた方向へと視線を向けると……そこには西洋のフルプレートの防具に身を包み、刃渡り一メートル程度のロングソードを持った一体の騎士の姿があった。

しかし普通の騎士と違い、体が変に半透明で俺への殺気で満ち溢《あふ》れていた。

『ニンゲンコロスニンゲンコロス……ニンゲン――――コロスッ‼』

「こいつ……もしかして爺さんが言ってた邪霊って奴か？」

確かにそう考えればこの奇妙な見た目とカタコトな言葉、俺への親の仇《かたき》を見るような憎悪や嫌悪の感情、溢れんばかりの殺気の正体にも納得がいく。

さらに邪霊は生物の負の感情が集まって生まれる生物らしいので、感情に敏感なモンスターや動物達がここらへんに近付かない理由も理解できる。しかし邪霊と決まれば――――。

「――――討伐するか。掛かってこい醜い化け物」

『ニンゲンコロオオオオオオススス‼』

人間殺すニキの邪霊が剣を構えてそのすごい速度で俺へと接近しては俺の死角を突くように剣を薙《な》ぐ。その動きは洗練されており、もしかしたら相当名の知られていた剣士の感情も入っているのかもしれない。

俺は死角から来る攻撃を魔力障壁で防ぎながら拳を振り抜く。

すると――――。

「まぁテンプレだよな……物理攻撃が効かないなんて」

案の定というか、俺の拳はこの邪霊の身体を手応《てごた》えないまま突き抜けてしまった。

俺は一度距離を取るために身体強化を脚にのみ発動させて地面を蹴る。

「物理がダメなら……魔法はどうだ？」

俺は掌《てのひら》を邪霊の方へ向け、魔法を発動。

「《迅雷》」

雷鳴と電気の弾ける音を轟かせ、瞬きよりも速くに邪霊へと到達し、その身を一瞬にして消滅させた。

そのあまりの呆気《あっけ》なさに違和感を覚えるも、邪霊はまだ弱いという爺さんの言葉を思い出して、言っていたことが本当だったことに気付いた。

どうやら俺は邪霊というものを少し過大評価していたらしい。

「さて、邪魔者もいなくなったことだし、そろそろ入るか」

俺は異質な雰囲気を放つダンジョンへと踏み込んだ。

◇◇◇

洞窟に入って一番に感じたのは、虚無だった。

自分でも何言っているのか分からないが、本当にそれ以外の言葉が思いつかない。

洞窟の中は――――ゲーム時とは違い、真っ暗で何の気配も感じず、ただひたすらに空間が続いているといった印象だった。

確かにゲームでここを訪れるのは数年以上もあとの話なので、ゲームの時と違うのも分からないこともないが……さすがにこれはおかしい気がする。

「ここに一体何が――――あ？」

俺が気を引き締めて進んでいると、突如どこからともなく明かりが差した。それは松明《たいまつ》とかのように一部を照らすというわけではなく、太陽のような強い光だ。

そのおかげで洞窟内が見渡せるようになったのだが……見てすぐに後悔する。

「おいおい、何だよこの邪霊の数は」

俺を取り囲むように何十、何百といった数の邪霊がいた。ソイツらは俺が気付くとほぼ同時に襲いかかってくる。

俺は即座に全身に身体強化を施し、その場を跳躍。

しかし上にも邪霊がおり、様々な生物の形をした気配のない邪霊が俺の逃げ場を無くすように殺到する。

「面倒だな……この際一気にくたばれ――――《雷轟》ッッ!!」

瞬間――――先ほどとは比にならないほどの轟音を鳴らし、空間を揺らしながら極大の雷電が俺の視認できる全ての邪霊を薙ぎ払う。

その圧倒的な威力になす術《すべ》なく消滅していく邪霊がほとんどだったが、時々防いだり避けたりする奴らもいた。

そんな奴らには魔力障壁&身体強化で一瞬で接近すると、至近距離から雷撃を繰り出す。

さすがに雷の速度にはついていけない邪霊達はそれで呆気なく消滅していった。

「残るはお前だな?」

『……シンニュウシャヲコロシテアノカタヘケンジョウスル……!』

ほう……どうやら先ほど外で会った邪霊よりも知能は高そうだ。

見た目もどこかの将軍のような格好で、生前は強かったことが予測できる。

『オシテ――――マイルッッ!!』

邪霊は漆黒の剣を鞘《さや》から抜くと、ふっと姿が掻き消え、気付けば俺の目の前に移動していた。

突然のことで一瞬戸惑うも、即座に魔力の籠った拳で剣を弾き飛ばし、さらには雷を纏った拳を振り抜く。

しかしそれも剣で防がれ、果てには受け流されて体勢を崩してしまう始末。

そんなスキをこの邪霊が見逃すわけなく、何やら黒い魔力のようなモノを纏った剣を振り下ろしてきた。その瞬間――――俺の全てがこの攻撃は何としても避けろと警鐘を鳴らす。

俺はその本能に従い、雷を全身に纏って雷速でその場を離れると、突如俺がいなくなったことに困惑気味の邪霊を、ゆっくりと動く世界の中で何百連打も攻撃を繰り出して、一瞬にして灰になるほど殴り飛ばした。

『ア、アァァァァ……』

「ふぅ……最後の奴はそこそこ強かったな」

あの一撃は何があるのか分からないが、とにかく危険だと感じた。

邪霊でさえこれほどの強さなのだから、邪神とは一体どれくらい強いのだろうか。

俺は少し安請け合いしたかもと、若干後悔しながらも、一番不快な雰囲気の方へと覚悟を決めて足を運んだ。

◇◇◇

一体どれほど走り続けただろうか。

永遠にも感じる洞窟の中を走り続けながらそんなことを思う。

体感ではすでに数時間は走っている気でいるが、実際のところは分からないし指標にする物も無い。

そもそもダンジョンとなるほど魔力が溜まった場所の時間の進み方なんて不明だし。

さらに言えば、俺は身体強化を全身に施し、間違いなく最短ルートで進んでいるはずなのにモンスターは疎《おろ》か、邪霊も本命である邪神の姿も一向に見当たらない。

しかし、確実に目的地に近づいてきているのは確か。それは辺りに漂う不快な魔力が何よりの証拠。

「精霊達が行きたくないというのも分かる気がするな……」

俺達より何十倍も魔力を感じ取る能力の高い精霊からすれば、ここは人間でいうマグマの溜まった活火山のようなものだろう。

「本来ならここでブラッドドラグーンの群れが潜んでいるはずなんだがな……」

残念ながらここには、ブラッドドラグーンどころか他と同じで何もいない。

俺は無駄に広いブラッドドラグーンの棲み家の真ん中に立つと……全身の身体強化を解き、代わりに雷魔法をその身に纏う。

「さて――――そろそろ出てきてもいいんじゃないか？　ストーカー気質の邪神さん」

『――――――――いつから気付いていた？』

突如身体が吹き飛ばされそうなほどの竜巻が発生し、辺りを覆っていた不快な魔力が一つの場所に集結する。

その魔力は徐々に人の姿となり――――――漆黒の髪をオールバックにし、不気味なほど体の線が細い男が現れる。

しかし普通と違うのは、額の両端から二本のツノが生え、背中にはラノベなどで出てくる悪魔の持つ、蝙蝠《こうもり》の翼と類似したモノが生まれた。

「まぁ……最初からと言えば最初からだな」

『……私の《魔力化》は完璧だったはずだ』

「そんなの簡単だ。ダンジョン内は常に新たな魔力に循環されている。そんな中で常に俺の周りに不快な魔力があるのはおかしいだろ？」

『……確かにな。私もまだまだ未熟ということか……』

そう言ってはいるが、全く自分の力不足とは思っていなさそうだ。

だが――――その傲慢なところは使える。

奴はおそらく俺のことを自分よりも格下だと思い込んでいるはずだ。

だから今の俺が魔力も抑え、雷魔法も最低限発動できるレベルにまで意図して下げていることなど思いもしないだろう。

そしてそんな思い込みは自分が上だと踏《ふ》ん反《ぞ》り返っている奴ほど信じ込みやすい。

どうせならさっさと終わらせたいからな。

みくびってもらえるのならそうされるに越したことはない。

ちなみに俺は奴が俺より強かった時のことももちろん考慮しているし準備もしている。

そして――――ヘラを救うには今後必ず邪神と戦わなくてはならないため、いい練習になるだろう。実際にヘラが契約した邪神の名前をゼウスに聞くと――――。

『……奴は儂ら神霊と同格、もしくはそれ以上の実力かもしれぬ。儂が戦ったのは一万年以上も前のことじゃ。儂も強くなったが……奴も必ず強くなっているはずじゃ』

と、俺よりも圧倒的に強いゼウスが警戒心を露わにするほどだからな。

それに比べればこいつなんて赤子のようなモノだ。

「さて……邪神さんよ、俺がなぜここに来たか分かるか？」

『ああ分かるとも……私を跪《ひざまず》かせたゼウスの魔力の匂いがするからな。もしかして……契約者か？』

「いや、俺はまだ契約していない」

俺がそう言って肩をすくめると、邪神が一瞬呆《ほう》けた後、クツクツと笑い出した。

『ククク ッ……ゼウスと契約できない程度の人間が私を倒しに来ただと？　笑わせてくれる！　貴様程度の人間にやられるほど弱くはないぞ!!』

邪神は顔を怒りに歪《ゆが》め、今まで闘った中で二番目に速い速度で接近して背後へと現れた。

まぁ――――一番のゼウスとは雲泥の差だが。

「お前……さては馬鹿だな？　雷魔法使いに接近戦を挑んでくるとは……」

俺は邪神よりも速く移動して、逆に奴の背後を取る。

そして雷を纏った拳で奴の背中を殴りつけ――――る前に黒い魔力によって防がれた。

さらに拳が黒い魔力に纏わりつかれて動けない。

「チッ――――面倒なことしやがって」

『あまり私を舐《な》めない方がいい、人間……貴様程度一瞬で殺せるわッッ!!』

そう言って俺の腕を掴んだかと思うと、地面に叩《たた》きつける。

それだけで地面にクレーターができ、砂埃が舞う。

しかしそれだけでなく、今度は俺の足を掴んだかと思うと、上空へと放り投げ――――。

『どうした？　私に挑んできたにしては弱いな』

俺に追いついた邪神が、俺の鳩尾《みぞおち》を殴り、さらに上空へと打ち上げる。

そして――――。

『……興醒《きょうざ》めだ。貴様を人質にしてゼウスの野郎を呼び出そうかと思ったが……貴様はどうやら奴の契約者ではないらしいし……もう用済みだ。消えろ――――《黒砲》』

邪神は全身から黒い魔力を放出すると、それを自身の掌に集め、俺へと放った。

俺は奴の魔法を直に受け、地面へと墜落する。

しかもどうやらこの黒い魔力には強力な精神攻撃系の力も備わっているようで、俺の外と内どちらからも攻撃してきた。

まぁ――――それが何だという話なのだが。

『な、なぜ……ッ！　なぜ私の攻撃を受けて無傷なのだ……!?』

邪神は、叩きつけられ魔法が直撃してなお無傷の俺を見て、驚愕《きょうがく》に目を見開いて慄き、後ずさった。

そして自身が無意識に後ずさっていたことに気付き、屈辱に顔を歪める。

一方で俺は、自身の服に付いた砂埃を手で払いながら立ち上がった。

「………神っていう名前が付くからもう少し強いかと思ったが……本当にこの程度か？　もしこの程度なら――――俺には絶対に勝てないぞ？」

俺は抑えつけていた魔力を解放し、先ほどとは比べ物にならないほど濃密で激しい雷電をその身に宿す。

雷電が俺の身体を覆い、細胞一つ一つを魔力に変換して――――俺を高次元へと押し上げる。

『な、な……!?　そ、そんな馬鹿な……！　そ、その姿は……』

邪神が俺の姿を見てさらに目を見開き、再び後ずさった。

しかしそれもしょうがないだろう。

何せ――――俺はゼウスと同じ姿をしているのだから。

雷は俺の瞳も髪をも美しい白銀に染め、俺の周りを蒼白の雷電がまるで生きているかのように蠢《うごめ》く。

俺が立っているだけで地面に雷が落ち、雷鳴が轟き、辺りを俺の有利なフィールドに変化させていった。

俺は焦る邪神へと告げた。

さながら神が下々の者に与える神罰のように。

「今ここで――――俺は、貴様を殺す」

◇◇◇

『ば、馬鹿な……!? なぜ契約もしていないのにその技が――――《雷神》が使える!?』

「そんなの見よう見まねに決まってるだろ。まぁ本家の一〇〇パーセント再現はできなかったけどな」

実を言えば、この形態はゼウスの完成版のわずか二〇~三〇パーセントほどの出力しか出ない。

まぁ見よう見まねでこの技が再現できる時点でシンの才能が相当なことが分かるが。

というか、この技って《雷神》っていう名前だったんだな。まぁだがこれは不完全な魔法だから――――。

「――――《雷人》の方があっているかもな」

さすがにこんな出来損ないをゼウスの技と同じ名前にするわけにはいかない。

だが――――。

「お前くらいならこの姿でも倒せそうだな」

『こ、小癪《こしゃく》な……!! 必ず私が貴様を殺すッッ!!』

邪神が魔力を全身に纏わせて先ほどよりも速く接近してくるが……今の俺には止まって見える。

「相変わらずこの光景には慣れないな……どこかのアメコミみたいだ」

俺は限りなくゆっくりと流れる世界の中で、移動する邪神を穿つ。

『――――ガハッ……!?』

身体をくの字に曲げて吹き飛ぶ邪神に俺は一瞬で追いつくと、頭を掴んで地面へと叩きつける。

すると爆発と見紛う強烈な音が響き渡ると共に、先ほど邪神がつけたクレーターよりもはるかに大きなクレーターができた。

『グハッ……くそッ……ゴホッガハッ!! な、何なんだこの強さは……!』

フラフラと立ち上がった邪神が全身に脂汗をかきながら叫ぶ。

そんな邪神に冷たい視線を向けながらため息を吐く。

「そんなのも分からないのか？ 俺がお前より強かった、それだけだ」

『ぐっ……そんなわけない……たかが数十年しか生きていない人間に負けるわけが――――!?』

俺は一瞬で邪神の懐に侵入すると、鳩尾へと拳を捩《ね》じ込《こ》む。

奴に触れた瞬間――――雷電が奴の全身を駆け巡った。

『グァァアアアアアアアア！？！？』

「まだまだこんなもんじゃないぞ……‼」

鳩尾を殴られ苦しそうに喘《あえ》ぐ邪神を上空に放り投げると、俺は雷電でできた銃を発射。

「――――《超電磁砲》」

雷速で発射された雷の銃弾が寸分違わず胸に風穴を開けた。

『ガッ…………く、くそッ……』

なす術なく地面に叩きつけられる邪神。

すでに奴の体はボロボロで、風穴の空いた胸はなかなか治りそうになかった。

俺は今がチャンスだと考え、足を半歩後ろに開く。

そして腰を落として腰に手を当て、さながら居合斬りの格好で魔法を発動させた。

「《雷切》」

その瞬間――――俺の腰にまるで始めからあったかのように雷電でできた刀が現れる。

この魔法は完全にオリジナルで、雷を斬ったとされる刀を再現したものだ。

この刀の性質は最速の斬撃。

一度鞘から抜けば不可避な一撃となる。

俺は地面を蹴って一気に邪神へと近づく。すると、さすがにヤバいと感じたのか、邪神が黒い魔力の光線を俺へと撃ち出した。

『死ね……！　俺よりも強い人間なんているはずがないんだ……！　貴様はここで俺に殺される運命なんだ……!!』

「死ぬのは――お前だ」

俺は滑らかな動きで雷切を鞘から抜き放った。


「――《建御雷神《たけみかづち》》――ッ!!」


居合から放たれた雷切の斬撃は、黒い魔力の光線を容易《たやす》く斬り裂き、さらには邪神の上半身と下半身を真っ二つに斬り飛ばした。

『クソクソクソクソクソクソクソクソクソッッ!!　なぜだ!!　なぜ私がこんなところで死ななければならない……!』

地面へと崩れ落ちた上半身と下半身が分かれた邪神が憎悪の籠った声色で悔しげに何度も何度も吐き捨てる。

しかし邪神の身体は崩れ始め、すでに手遅れなところまできていた。

『い、嫌だ……！　し、死にたくない……！　まだまだ俺は人を殺していたい……！　こ、こんなところで――』

「――いや、お前はここで、この手で殺す。お前に明日が訪れることはもう永遠にない」

俺は雷切を奴に向ける。

それだけで雷切に魔力が溜まっていき、纏われた雷電がより激しく、美しく迸《ほとばし》る。

奴がいくら命乞いをしようと、コイツは自身の命では償いきれないほどの人を殺しているらしいので、慈悲をかけてやる意味もない。

そして何より、俺がゼウスと契約し、ヘラを救う為にはコイツには死んでもらわないと困るからな。

『や、止めろ!! 止めてください!! もう二度と誰も襲わないと誓う!! 誰にもバレない辺境でひっそりと暮らすことを誓うから殺さないでくれ……!!』

その言葉に俺の動きが一瞬止まると同時に――奴は駆け出していた。

俺から逃げるように反対側へと。

『はははははははは!! 馬鹿な人間だ! こんなことに引っ掛か――――えっ?』

邪神は何が起きているか分からないといった表情で崩れ落ちる自分の体を眺めていた。

そして意識が朦朧《もうろう》としてきたなかでようやく理解したようだ。

『……………ああ……俺は斬られたのか』と。

奴は雷切を薙いだあとの姿の俺と最後に目が合うと、絶望に表情を歪めて消滅した。

◇◇◇

「────終わったぞ」

『おお！　お疲れさまじゃ！』

ダンジョンから出て家へと戻ると、珍しくテンションの上がった爺さんが出迎えてくれた。

どうやらすでに俺が邪神を倒したことを知っているようだ。

「それで……ちゃんと契約はしてくれるんだろうな？」

『もちろんじゃ！　じゃが、今はひとまず休むといい。明日契約すればよいからのう』

「ああ……そうさせてもらう」

俺はとりあえず爺さんの言う通り、身体を休めることにした。

『まさか……わずか一日で討伐してくるとはのう……将来が楽しみじゃな』

◇◇◇

――――五日。

俺はこの五日間、全身を猛烈な筋肉痛に襲われていた。

原因はもちろん分かっている。

――――《雷人》に《雷切》に《建御雷神》を使ったせいだ。

いくら身体を魔力化したところで、俺は所詮《しょせん》人間なので、肉体に戻る。

ただでさえ《雷人》状態で肉体を酷使しているというのに、《建御雷神》なんか使うから余計身体に負担をかけてしまった。

しかしどうやら入学試験まであと一〇日ほどあるようなので、それまでに治れば問題ない。

ただ、さすがにしばらくは魔法を使うことはできなさそうだ。

なのでもちろん――――契約もこの五日間は延期となっていた。

まぁそもそも契約は、お互いの魔力を分け合い、完全にリンクさせて魔法で結ぶモノであって、魔法を使えないいんじゃ話にならないからな。

しかしやっと五日経《た》った今日、爺さんからＯＫをもらえた。

身体の筋肉痛もほとんど完治したため、もう大丈夫だろうと言う爺さんの判断である。

「それで――――一体どこまで進むんだ？」

俺は前方を歩く爺さんに問い掛ける。

現在俺は爺さんに連れられてどこかに向かっていた。

残念ながら俺は目的地を知らないので、爺さんに聞くしかないのだが……。

『もう少しじゃ』

としか言われぬまま、かれこれ数時間歩き続けていた。

さすがの俺も我慢の限界である。

「おい爺さ――――」

『着いたぞ』

俺が爺さんに文句を言おうとした瞬間、爺さんが到着を知らせる。

チッ……何とタイミングのいい……あと少し遅ければ鬱憤《うっぷん》を晴らそうと思ったのに。

「……で、ここはどこだ?」

先ほどまで森の中を歩いていたはずなのに、突然俺は雲の上に来ていた。

しかも地面が雲なのに、上を見上げても雲がある。

さらに上空の雲は雷雲で、俺の雷魔法と同等かそれ以上の魔力の籠った稲妻が降り注いでおり、一撃でも当たれば死んでしまいそうだ。

「……見た感じ、どう考えても普通の場所じゃないけど」

俺はゲームで見たことのない場所に突然連れてこられ、若干驚く。

まさかゲームを周回しまくった俺が知らない場所があったなんて……ん?

そういえばこの前の邪神の件といい、この件といい、俺、意外と知らないこと多いな。

『まぁ知らんじゃろうて。ここは儂と契約者だけが入れる世界じゃからのう』

「ああ……固有精霊界ってやつか」

『さすがこの世界の未来を知っている男じゃな。その通り、儂の固有精霊界じゃよ』

――固有精霊界。

それは簡単にいえば、精霊の住んでいる世界の総称だ。

しかしこの固有精霊界を持っている精霊はほんの一握りで、主に王級精霊以上の精霊が持っている。

その他は『共有精霊界』と呼ばれ、同じ属性の精霊達が共同で暮らしている。

この二つの世界の大きく違うところは、固有精霊界には本人の許可なしに入れないが、共有精霊界には王級以上の精霊は自由に出入りができるという点だ。

だから雷の精霊の共有精霊界は俺も見たことがあるが、固有精霊界に行ったことがない理由でもあるな。

「……随分と物騒な所だな」

『ほっほっほっ……まぁそうじゃな。じゃが、お主が儂と契約すれば、ここの全ての魔力を使用することができるし、固有精霊界の入退場の権能も手に入るぞ』

「じゃあさっさと始めよう。マジで時間が足りないんだ」

契約すれば最初の二日か三日は昏睡状態に陥るのは確定演出だからな。

マジで入学試験に間に合わないとかシャレにならない。

『ほっほっほっ、分かっておるわい。それじゃあそこに座って目を瞑ってくれ』

そう言って爺さんが雲でできた一人用のソファーを指差す。

俺はそこに座ると、目を瞑って爺さんの言葉に耳を傾けた。

『まずは儂の魔力を少しお主の身体に流す。その際に拒絶反応が起きて痛いじゃろうが、我慢して儂の魔力を受け入れるのじゃ』

「分かった」

俺が返事をした数秒後、全身を激痛が走る。

『――――我慢。儂の魔力を受け入れろ』

「ぐ……!」

口調が変わり、真剣な声色で諭《さと》す爺さんの言葉に従い、体内に入ってきた魔力を俺の魔力で包んでゆっくりと爺さんの魔力の性質に変化させていく。

すると徐々に全身を走る激痛は治まり始め、俺の魔力を爺さんの魔力と同じにした時には完全に痛みは消えていた。

『よし、次に移るぞ。シンは目を開けろ』

爺さんの言う通り、俺はゆっくりと目を開ける。

すると俺の瞳には、爺さんの心臓部分と俺の心臓部分を繋《つな》ぐ魔力の流れが見えるようになっていた。

「これは……」

『それが儂らの契約の元――パスだ。契約をすればこれからこのパスは死ぬまで繋がったままだ。本当にいいのか？』

「ああ。続けてくれ」

『あい分かった。それじゃあ続けるが……今は儂の魔力が一方的に移動している。今度はお主が魔力を儂に流せ』

「……分かった」

俺は魔力の流れに沿ってゆっくりと魔力を流していく。

すると、先ほどよりも強く爺さんのことを感じるようになった。

『よしいいぞ。あとは――』

爺さんが、心臓が痛むが絶対に取り乱すな、と忠告をしてきたので、俺は頷く。

『――雷神ゼウスの名の下に、シンを契約者として指名する――《契約》』


――ドクンッ。

俺の心臓が大きく高鳴り、その直後、心臓を鷲掴《わしづか》みにされたような痛みに思わず顔を顰《しか》める。

しかし俺が痛みに耐えていると……世界から大量の魔力が俺の体内に入ってきた。

俺の全身から雷電に変換された魔力が噴き出してこの世界に降り注ぐ稲妻へと繋がる。

その瞬間、身体中を雷が走った。

まるで身体が再構築される感覚に陥る。

「ぐ……がぁあああああああああああああ!!」

『もう少しじゃ！　耐えろシン!!』

俺は爺さんの叫び声で辛うじて意識を取り戻すと、歯を食いしばり、拳を血が出るほどに握って耐える。

意識はもうほとんどない。

しかし俺は――――。

「――――ヘラを護《まも》るためにここで失敗するわけにはいかない……!!」

意地で耐え抜いた。

「ぜぇ……ぜぇ……」

『よく耐えた。これで契約は終わりじゃ』

「そう……か……」

俺は爺さんの言葉を最後に意識を失った。

◇◇◇

「……まだかよ、爺さん。いくら何でも遅すぎだろ！」

『ま、待つのじゃ！　やっぱりこれは必要で……いや、これは必要ないかも……でもこれ必要――』

「全部要らん！　というか、そろそろ入学試験に間に合わなくなるから無理やり連れていくぞ！」

『ああっ⁉　い、嫌じゃああああああ‼』

契約を結んで数日。

ついに入学試験の日が来た。

ちなみに、入学試験を受けるには開始二時間前までに受付を済ませていなければならず、現在は開始二時間半前。

お金はすでに持っているので問題ないのだが……、このジジイがなかなか身支度を終わらせないのだ。

そのせいで一時間前には着いておく予定だったのだが……今は遅刻さえもありえる時間。

「爺さん……確か契約者が呼んだら問答無用で召喚されるんだよな？」

『ああそうじゃが――ってああああ‼　やめてくれ！　雷電纏って最速で出発しないでくれぇえええええええ‼』

俺はその後、ある程度進んだ末に爺さんを強制召喚した。

どうやら最終手段として固有精霊界に家ごと入れたらしい。

それができるなら最初からしてろよ、と思うのは決して俺だけではないと思う。

◇◇◇

「────着いた……！」

『ほぉ……なかなか成長しておるのぉ』

森を出てわずか数分。俺達は精霊学園のある大国────バハムート王国へと到着した。

ストーリーの舞台であり、自身が推しと同じ国にいることに、言葉では表し切れない歓喜と期待が俺の中で渦巻いていた。

もしかしたら推しに会えるかもしれない……！　別に話さなくても、認知されなくてもいい。

ただヘラの姿をこの目に収められたのならとりあえず今日はそれで十分だ。

「爺さん、さっさと行くぞ。爺さんのせいでこんなギリギリになったんだからな」

『わ、分かっておるわい。とりあえず儂は家にいるからな』

「分かった」

俺は爺さんが固有精霊界に戻ったのを確認すると、少し本気を出して検問を走り抜ける。

一応住民登録はしているが、今は時間がないので検問に並んでいる暇はない。

「学園は…………あったっ！」

俺は学園の門を潜り、受付へと直行。

美人の受付嬢の前にはものすごく人が並んでいたので、誰も並んでいない強面《こわもて》の男――武術教師のドバン（モブ）の方へと並ぶ。

「――入学試験の受付をお願いします……！」

「ん？　受験生が俺のところに来るなんて珍しいな。名前は？」

まぁモブの彼には名を名乗るくらいいいだろう。メインキャラクターにはあまり関わらない方がいいと思うが。

「シンです」

「よし、じゃあシン。住民票か、自分の身分を証明できるものは？」

「住民票があります」

俺はあらかじめ作っておいた住民票を受付の机に置く。

ドバンが俺の住民票を魔道具に触れさせると、『本物』という表示が出た。

「偽造じゃないな。シン。一五歳。傭兵《ようへい》経験ありか。契約精霊は中位雷精霊……珍しいのと契約しているな」

「まぁたまたま契約できたんです」

「まぁ頑張れよ。受かったら俺のところに挨拶くらいしてくれ。名前はドバンだ」

「分かりました、ドバン先生。必ず受かって会いに行きます」

「ガハハハ！　その意気だ！　頑張れよ！」

「はい！」

俺はドバンにお礼を言って試験会場に向かう。

やはりドバンさんはゲームと同じくものすごいいい人だったな。彼には武術も習いたいし、仲良くしていて損はないだろう。ちなみに俺は学園では常に敬語で話す。

理由は平民であることと、目立たないようにするためだ。精霊は後で爺さんに言って中位の精霊を連れてきてもらえばいい。

俺はこの学園で目立つようなことはしない。

ひたすらに陰に徹する。

陰からヘラを護り、助けるのだ。

その為に――――。

「――――ひとまず目立たないように入学試験を終わらせる」

俺はそう意気込んで試験会場に歩を進める。

結構ギリギリだが、何とか間に合った。

周りは全く知らない受験生で、メインキャラクターは確認できなかった。

「────それでは筆記試験、開始!!」

俺達受験生は学園のなかで一番広い講義場で筆記試験を開始する。

もちろん筆記試験の内容はゲームに出てないので知らないが、この世界のことはほとんど知っているので多分なんとかなるだろう。

俺は筆記試験の問題用紙に目を通す。

「……よし、この程度なら余裕だ……」

問題は主に、中学修了程度の数学に、基礎的な魔術理論、精霊とこの国と世界の過去についての知識を問われるものがほとんどだった。

これなら点数の操作は容易だ。

俺が狙うは中間辺りの点数。

この筆記試験はＭＡＸ一〇〇点で、確かこの時の平均は五七点だったはずだ。

なので、ここは無難に六〇点を目安に調整すればいいだろう。

俺は全ての単位を一貫して五〇～六五パーセントほどの得点率に調整。

後は時間一杯ゆっくりと問題を解くだけだ。

早く終わらせるとかいうテンプレもあるが、そんなことすれば目立つこと間違いなしなので、敢えて頭を悩ませているように演技をしながらやり過ごすだけである。

そして――――。

「――――試験終了です！　これから少しでも何か書いた人は失格とします」

試験官の言葉と共に一斉に試験用紙が空中に浮かび、一気に集められた。

お、おお……さすが魔法を習う学校だな。

めちゃくちゃ手足のように便利そうな魔法使うじゃん。

ちなみに、筆記試験の解答や問題は、俺が着いた時にはすでに配られていたので、どうやって配ったのかは分からない。

俺も少し使ってみたいと思いながら、試験官の指示に従って、今度は魔力測定をするべく移動を始めた。

「これより魔力測定を始める。番号を呼ばれたら俺の前にある測定器の前に手を置くんだ」

「「「「「はい！」」」」」

どうやら魔力測定の試験官はドバン先生らしく、その強面の威圧感に受験生達は緊張気味だ。俺の周りの受験生も口々に『あの試験官怖ぇ……』『絶対ダメ、絶対』とか言って恐れているしな。

本当はこの人、めちゃくちゃいい人なんだけどなぁ……。

ちなみに俺の番号は一九七〇番なので、二〇〇〇人中だとものすごく後ということだな。

俺は辺りを見渡してヘラがいるか探す。

先ほどの試験では三ヶ所に分かれていたので、ヘラの姿は見当たらなかったが、今回は同じ会場なので探せばいるはず……。

一体どこに――――あ、いたああああああああああああああああああ!!今の俺はきっと子どものように瞳を輝かせていると思う。

しかし今だけは許して欲しい。

ゲームの初登場の時と同じ、白銀でサラサラな美しいストレートの長髪に少し吊《っ》り上がった力強い真紅の瞳。

恐ろしく整った冷酷な美人といった感じの顔立ちは、皆の視線を奪うには十分だった。

さらには丁度ヘラの順番だったようで、会場にいるほぼ全員の人達が彼女に注目している。

俺は推しをこの目で見れたことに涙が溢れそうになるが、さすがにそれだとヤバい人なので何とか抑えたが。

何かもう……彼女の周りだけものすごく華やかなオーラで一杯なんだけど。

神々しすぎて目が潰れそう。

そんな俺に追い打ちをかける出来事が起きた。

「それじゃあ受験番号三番、魔力測定器に手を置いてくれ」

「分かりました」

ヘラの渓流の湧き水のように澄んだ声が聞こえてきたのである。

その声は数多《あまた》の音を掻き消して俺の耳に届いてきた。

……やっぱり声も可愛《かわい》い。

俺が感動している間にも、ヘラは測定器に手を置く。

するとホログラムのような画面が頭上に現れ、数字がどんどん跳ね上がる。


『一〇……一〇〇……一〇〇〇……一〇〇〇〇………一〇〇〇〇〇……五五四五〇〇！』


「ご、五五四五〇〇だ……これはすごいな……」

ドバンが驚きに目を丸くしながら惚《ほう》けたように言った。

その言葉を皮切りに、生徒からも教師からも大歓声が上がる。

「マジかよスゴすぎだろ⁉」

「五五万はいくら何でもヤバいって！」

「前年度は確か二五万くらいがＭＡＸだったはずだぜ⁉　それにソイツ、他国の国随一の天才だって話だぞ⁉」

「さすがヘラ様ですわね……」

「私もヘラ様のような立派な淑女になってみせますわ！」

生徒からはひたすらに驚愕と憧れの声が漏れ、

「……さすが神童と呼ばれるヘラ様だな」

「ああ、間違いなくここ数十年で一番だ」

「これは私達も教え甲斐がありますね」

「まぁほとんどは家庭教師に教えてもらっているとは思いますが」

「すでに超越級精霊とも契約しているのだとか」

「ほぉ……それはすごいですな」

教師からも期待の声が相次いで上がっていた。

ヘラは、巷《ちまた》では百年に一人の神童と呼ばれている。

もちろん神童ではあるのだが、本当はそれ以上に努力しているのだ。

彼女は魔力を扱えるようになってから毎日欠かさず魔力切れになるまで魔法の鍛錬をしていた。

しかもノルマを達成できていない日は、魔力切れを起こしてもポーションを飲みながら魔法を放つ徹底ぶり。

皆彼女の才能だと思っているが、そんなこと全くない。

全てヘラの努力の結晶なのだから。

俺が彼女の努力していた姿を思い出してジーンと涙目になっていると、ふと煩《わずら》わしそうにしていたヘラと目が合った気がした。

さらには少し驚いたように固まったようにも。

しかし一瞬だったので、おそらく俺の見間違いか自意識過剰だろう。

「ここにいてもヘラしか見ないし、どうせまだまだ暇だし、今の内に中位精霊との契約でもしておこうかな……」

俺は人の波に揉《も》まれながら何とか脱出し、人目の少ない場所へと全力ダッシュで向かった。


「彼はなぜ私に……」

神童と呼ばれた少女が見ているとも知らずに――――。

◇◇◇

「――次、一九七〇番」

「はいっ!」

「前に来い……ってシンじゃないか」

「また会いましたねドバン先生」

「頑張れよ……それじゃあ測定器に手を置け」

「分かりました」

ついに俺の番となり、少しドバンと話した後で測定器に手を載せる。

俺の魔力は固有精霊界の魔力も含めればヘラの約二〇倍――一二〇〇万ほどあるはずだ。

後、ついさっき中級精霊とも契約したので、もう少し増えているかもしれない。

ヘラも固有精霊界の魔力も含めていると思われるので、超越級と神級では途轍《とてつ》もない差があることが分かる。

ちなみに人間の限界は九九九九九だ。

だから人間は精霊と契約して精霊界の魔力を使うことで力を得ている。

そして今まで見た感じ、受験生の魔力量平均はおよそ四〇〇〇〇。

さすが天才達がこぞって入学する名門と言えよう。

ちなみに俺は魔力量に関してはすでに対策しているので、何の心配もない。


『一〇……一〇〇……一〇〇〇……一〇〇〇〇……四一六八〇！』

「四一六八〇か……そこそこの魔力量だな」

「ありがとうございます！」

「次は実技試験で会おう」

「はい！」

俺はドバンに頭を下げた後、モブらしくそそくさと人々の視線から逃げるように人気《ひとけ》の少ない場所へと移動する。

まぁモブらしくと言っても、元々注目を浴びるのが得意ではないので通常運転だが。

俺は近くのベンチに座り、ゆっくりと息を吐いた。

とりあえず目立つようなヘマは今のところしていないはずだ。

後は実技試験だが……傭兵経験ありって書いたから、多少は試験官に善戦しとかないといけないか？

まぁそれも他の受験生のレベルを見て決めるか。

「次――――二〇〇〇番」

「はい」

その声を聞いた途端――――全身が一気に粟立つ。

もちろん奴がいるのは分かっていたが……何かがおかしい。

雰囲気もそうだが……他にも……。

俺は急いでベンチから立ち上がり、苦手な人混みの中に飛び込んで奴が見える位置まで辿り着くと、襟足が長いマッシュの黒髪に目つきの悪い見た目の、最後の受験生へと目を向けた。

『一〇〇〇〇〇……一〇〇〇〇〇〇……一二〇〇〇〇〇！』

測定器に表示された数値に響《どよ》めきが会場を支配する。

かく言う俺も驚愕に目を見開いていた。

「――――カイ……お前、どうしてそんなに強いんだ……？」

多少目つきが原作より悪いが、それ以外はほとんど見た目の変わらぬこの世界の主人公――――カイは、俺の思っていた以上に強くなっていた。

俺はカイの強さを目の当たりにした瞬間に、自分の愚かさを責める。

どうして気付かなかったんだ俺はッ！

もしかしたらこの世界に俺の他に転生者がいるかもしれないということを……！

これは早急に調査が必要だ。

仮に転生者でなくても、この原因を知らなければ、確実に俺の計画を狂わせる。

ストーリーでは全てにおいてヘラが一位だったのだから。

「これは余計に俺の力を見せることができなくなったな……」

俺は言い知れない不安に、大きく舌打ちをした。

そして実技試験の会場に向かいながら、カイについて考える。

確かストーリー開始の時のカイ（俺達プレイヤーが操作する時）の初期魔力量は八〇〇〇と学年最下位という設定だったはずだ。

そこで最下級クラスに入り、問題児の多いクラスの仲間と徐々に和解して団結しながら成長していくという王道ストーリー。

しかしその前提がこの瞬間に破綻した。

それはストーリーが一気に崩れるということだ。

いや……主人公は平民だからどんな成績でも強制的に最下級クラスに振り分けられるか。

だが、絶対に変化があるはずだ。

後は、カイが転生者ではなく、この世界が現実が故に強くなっただけという場合であればいいが……。

転生者の場合の方が面倒だ。

あそこまで強くなれるなら絶対にストーリー知ってそうだしな。

仮にそうなら是非とも奴の目的まで知っておきたい。

「まぁ今考えても堂々巡りになるだけか……」

どうせわからないのだから、今はとりあえず目の前の事からクリアしていこう。

俺は気を取り直して足早に会場へと向かった。

◇◇◇

「――次、二〇〇〇番。武舞台に上がってください」

「……はい」

実技試験は、学園の教授達が試験官として受験者と戦い、評価をつける。

ルールは至って単純で、降参するか武舞台から落ちるか、致命打となる一撃を与える寸前で止めるかで勝敗が決まる。

ただ、受験生のほぼ大半が少し様子見で攻撃をさせられたあと、一撃で倒されてしまうため、わずか二時間半ほどで最後のカイの番がやってきた。

呼ばれたカイは、ゲームの時の性格とは全然違って、少し気怠《けだる》げに返事をして武舞台に上がる。

ちなみにヘラは、試験官をまるで赤子の手を捻《ひね》るかのごとく圧倒していて、俺は安定の平均的な戦いをして負けた。

だが、カイは彼女よりも受験生にも試験官にも期待されているらしく、俺はそれがとても不満である。

とはいえ周囲からの期待大のカイは、試験が始まりそうなのにもかかわらず未だに気怠そうに武器すら構えていなかった。

本来主人公であるカイは何かしら武器を使うはずなのだが。

「……二〇〇〇番、武器は使わないのか？」

今回試験官を務める精霊士の教授――ルードが眉を顰《ひそ》めてカイに苦言を呈す。

しかし、そんな試験官の言葉にカイは面倒くさそうに答えた。

「お前程度に武器は必要ない」

「なっ⁉」

「⁉」

おいおいどうなってんだよ、カイ……⁉

お前そんなキャラじゃないだろ⁉

どんどんカイが転生者なのではないかという疑惑が大きくなっていく。

というか、もう奴は俺が知るカイではなく、中身はゲームのことを知っている俺と同郷の転生者とまで間違いないだろう。

その場合さらにまずいのは――俺の顔を知っている可能性があるということだ。

一応シンの出てくる話は有料ＤＬＣだったので購入していないにわかなら多分バレないだろうが、俺と同等か少し下くらいやり込んでいる奴なら間違いなく知っている。

これに関しては、奴が知らないことを天に祈るしか無い。

「……ふぅ……あまり調子に乗っているとそのうち痛い目を見るぞ」

ルードはさすが選ばれた試験官なだけあり、怒りを抑えて忠告するだけに留《とど》まった。

しかし、そんなルードの温情すらもガン無視してさっさと来いとでも言いたげな態度をとるカイ。

そんなカイの態度にこれ以上話しても無駄だと判断したルードは剣を構え、上級炎精霊を召喚した。

「それではもう始める」

ルードは剣に炎を纏わせて突っ込む。

さすが試験官なだけあって、なかなかの速さだ。

ルードはそのままの流れで全く違和感なく剣を振る。

しかし――――。

「――――遅い。欠伸《あくび》が出るほど遅い。こんなものか、試験官も」

「グハッ……!?」

カイは最小限の動きで試験官の攻撃を避けると、試験官を首トンして気絶させた。

そんな予想だにしない光景に、受験生も試験官達も唖然《あぜん》としている。

だが、俺とヘラ、残りの優秀な者はカイに冷たい視線を送っていた。

理由は簡単で、カイはこの実技試験の意味を分かっていないからだ。

ただ強ければいいってわけじゃない。

この実技試験は受験生の得意不得意を学園側が知るのと、どのクラスが良いかを吟味するためのものだ。

なので、こういった場合は一気に決着をつけるのではなくて、少し長めに戦闘を続ける必要がある。

それを全く理解していないから俺達は冷めた目で見ていたのだ。

というか、そもそも精霊士との対決なのに精霊使わないっていうところがダメだろ。

精霊使えよ。

しかしそんな俺達の視線に気付かないカイは、そのまま気絶した試験官を置いて武舞台から降りてしまった。

それと替わるようにドバンや他の試験官が武舞台に上がり、ルードを救護室へと連れて行く。

ルードが武舞台からいなくなったあと、ドバンがカイを注意する。

「受験番号二〇〇〇番、色々と言いたいことはあるが、自分が気絶させた相手を放って武舞台から降りるのは良くないぞ」

「アイツが弱いから気絶した。弱い奴に手を差し伸べる意味はない」

「!? そういうことではなくてだな……」

ドバンは至極真っ当なことを言っているが、カイには全く通じない。

そのため次の言葉が出ないドバンだったが――――話を引き継ぐ者が現れた。

「――――貴方《あなた》は何の為にこの学園に入学するおつもりですか？　今の貴方の姿を見ていると、根本的に学園に合っていないように見えますが」

「…………あ？」

――――ヘラである。

彼女は不快感を隠さず軽蔑をもってカイを睨《にら》みつける。

さすがヘラ――――じゃなくてまずいぞ。

俺はもしもの時のために身構える。

ここで動くなどシャレにならないが、ヘラを傷付けさせるわけにはいかない。

一応仮面も持っているので、マジでヤバい時はそれを付けて出ていこう。

しかし――――俺の予想とは違い、カイは一瞬ヘラに不躾《ぶしつけ》な視線を向けたかと思えば、武力を行使することはなく、そのままどこかに消えていった。

「……いつか必ずお前も俺の奴隷にしてやる……」

誰にも聞こえないほどの小声で呟きながら。

俺はそんなカイを見ながら、内に滾《たぎ》る怒りを何とか抑え込み、冷静になろうとしていた。

落ち着け俺……まだここで奴に接触するのは早い。

一応、まだヘラにも危害は加えていないし……。

「……一番の不穏分子は主人公か……」

さすが鬱ゲー世界だ、と俺は軽く天を仰いだ。

◇◇◇

『────で、どうじゃった？』

「ああ……完璧な順位で合格だ」

俺は自身の下に届いた合格通知表の一〇〇〇人中五一四位という素晴らしい記録を爺さんに見せつける。

正しく俺が狙っていた通りの順位だ。

『まぁ、そんな順位で喜ぶのはお主くらいじゃろうな。じゃが……言葉と違って不安そうじゃのう？』

「……しょうがないだろ……俺の他にも転生者がいたんだから……」

そう────カイはやはり俺と同じ転生者だった。

確定とまではいかないが、九九パーセントで転生者だろう。

あの入学試験のあと、実際にカイの生まれた村に自分で足を運んで聞き込み調査をしたのだが……どうやら八歳あたりで突然人が変わったかのように他人に微塵《みじん》も興味を示さなくなり、ひたすらどこかに出かけるようになったんだとか。

もうめちゃくちゃなテンプレな転生者行動やんか。

絶対原作チートで好き勝手したい奴じゃん……ってまぁ俺も似たようなもんだけど。

しかし奴があとに主人公が契約する神霊と契約してないのを見ると、まだ契約できるほどの強さになっていないのだろう。

おそらく自分の命を優先してチキったな。

だが、俺的には奴がまだストーリー中盤に差し掛かったレベルでしかないことに少しホッとする。

『そろそろ時間じゃぞ？』

「分かってる。もう準備はできてる」

俺は学園から支給された学生服に身を包み、精霊契約者の証であるバングルを付ける。このバングルは精霊と契約している者は王国内にいる間は絶対に付けないといけない。

『このバングルはいけすかん。儂の力が阻害されておるわ』

「へぇ……このバングルってそんな力があったんだな」

少し考えれば、確かに精霊士は一般人にとって危険だし、対策が取られないわけがない。

「まぁどうせ強制だし気にしないでいいか」

俺は顔を洗って髪を整えてその他様々な身支度を進める。

一応ヘラを護る為に隠して携帯できる暗器や魔法スクロールなども用意しているが……まだ使わないことを願いたい。

それと念入りに身体も綺麗《きれい》に洗っておいた。

仮に推しの目に入っても不快にならないようにしないとな。

推しに汚物を見せるわけにはいかない。

「よし――それじゃあ行くか」

ストーリーが開始する――入学式へ。

◇◇◇

一方その頃、この世界の主人公であるカイは真紅の髪の美少女に責められていた。

「ちょっとカイ！　私以外の女に何であんな目を向けるのよ！　それは私だけにしときなさいよ！」

「醜いですよ、アリアさん？　カイさんは貴女《あなた》のような貧乳口悪女ではなく私の方がいいですよ

ね？」

「誰が貧乳口悪女よ！　アンタだって性悪じゃない！」

「おい、二人とも静かにしろ」

「ご、ごめんなさい……」

カイの一言で途端に静かになるゲームのメインヒロインのアリアとシンシア。

彼女らは最終的に原作では、アリアはシンと同等並みのスペックを誇る最強の近接格闘家となり、シンシアは瀕死《ひんし》の人をも一瞬で完全回復させる最高の神聖魔法の使い手となる。

しかし、二人の瞳にはハートが浮かび上がり、顔も赤く染まり、恍惚《こうこつ》の表情を浮かべて身体をもじもじさせていた。

(はっ、メインヒロインっつってもチョロいもんだな。少し分からせてやればすぐに俺に従順になりやがってよぉ)

本来二人とも入学時点での好感度はそこまで高くない。

アリアは幼馴染《おさななじみ》のため高いが、シンシアとはそもそも学園で会うのだから。

しかし、カイはある日から思い出した前世の記憶にあるこの世界の知識で二人を手籠《てご》めにした。このゲームでのメインヒロインは本来この二人と同じクラスの俺っ娘と、二年の時にやって来る転校生の人。

片方は貴族で片方は今のカイの強さではそこに辿り着けないため、攻略していない。

（チッ……本来の計画ならすでに全てのヒロインを攻略していたはずなんだがな……。なぜ神霊どもは俺と契約しないいんだよッ！　俺は精霊に愛されているはずだろ!?）

「ちょ、ちょっとカイ……？　顔が少し怖いわよ……？」

眉間に皺《しわ》を寄せ、腹立たしそうに顔を歪めていたカイを見て心配そうに顔を覗き込むアリア。そんなアリアをカイは下品な目で見ていた。

（やっぱりメインヒロインなだけあってものすごい美少女だな……前世の俺だったら相手にされないだろうが……俺はこの世界の主人公。さらには原作知識もある。だから――）

カイは顔を醜く歪めて嗤《わら》う。

「――ヘラ・ドラゴンスレイ……お前を必ず俺のモノにする……！　どんな声で鳴くか楽しみだなぁ……」

そう、誰にも聞こえないほどの声量で呟いた。

◇◇◇

「────ヘラお嬢様、あと少しで入学式です。公爵家を背負っていることをお忘れなく」

「……分かっているわ」

シンが推しの目を汚さないようにと風呂に入っていた頃。

ヘラは家の馬車に乗って執事の小言にウンザリとしながら適当に聞き流していた。

(この執事も口を開けば公爵家公爵家……、いい加減聞き飽きたわ……)

未だに何かを言っている執事に嘆息する。

家の人は誰も自分を見てくれない。

常に公爵家がいかに権力を手にするかしか考えてない。

それ以外の人間も、基本は私ではなく私の家のことを見ている。

ついでに自身の体目当て。

ヘラは、自分でも端正な顔立ちに男が好きそうな身体をしている自覚はある。

しかし、それでも不躾な視線や丸分かりの欲望に当てられると気持ち悪くなってしまうものだ。

(あ、でも……)

ヘラは先日行われた入学試験で見た、一人の受験生を思い出す。

いつもと変わらない不快な視線に辟易《へきえき》としていた頃、ふと違和感を感じた。

(彼はどうして私を見ていたのかしら？)

始めはヘラの外見に釣られて見ていたと思っていた。

しかし彼の瞳を見たヘラは感情を感じ取ってしまった。

(愛情、尊敬、使命感、庇護欲《ひご》……どれも私が一度も感じたことのなかった感情……)

あの時のことを思い出し、ヘラは驚きすぎて顔に出てしまったことを自覚して、少し恥ずかしくなる。

それと同時に今まで感じたことのない感情に戸惑っていた。

「彼、受かっているかしら……?」

筆記試験はどうかは分からないが、魔力測定も実技試験も悪くはなかったと、ヘラは記憶していた。

毎月と言っていいほど貴族のパーティーに出席しているヘラでさえ一度も見たことのない顔だったため、貴族ではなく平民であることは間違いないだろう。

(学園に行くのは心の底から嫌だけれど……)

ヘラはふっと無表情を崩して少し口角を上げた。

(彼に会うのは少し楽しみね)

次に会った時は、少し話をしてみたい。

彼が自分に向けるその感情の理由を聞いてみたい。

(なんて……考えるだけ無駄ね。どうせ私の周りには煩わしい貴族の子息や令嬢がいるんだもの。私が彼に近づけば彼が何をされるか分かったものじゃないわね……)

「――――これより第四〇〇回入学式を開始します」

どうやら俺が考えている間にいつの間にか入学式の開始の時間になっていたらしい。

俺は慌てて立ち上がり、皆と同じく礼をする。

何とか違和感ないくらいで気付けたので、目立ってはいないはずだ。入学式はつつがなく進み、いよいよ新入生代表の挨拶となった。

新入生代表は学年一位で入学した人がするため、自ずと首席が分かる。

ゲームではヘラがもちろんぶっちぎりで一位だったので務めていたが、カイが予想外に力を発揮したせいで分からない。

しかし――――俺の不安をよそに、ヘラが椅子から立ち上がり登壇する。

どうやらヘラが首席だったようだ。

一応ストーリー通りに進んでいるな。

どうやらこの世界にもストーリーの強制力というのは存在するらしいな。

でなければ、ヘラが首席というのは少々無理がある。

カイは魔力測定も実技試験もおそらくヘラよりも高いし、転生者なら筆記試験でヘマすることも考えにくい。

それにもかかわらずヘラが首席であることを考えると……いや、ただカイの態度やその他諸々が悪くて点数を引かれたという場合もあるが、仮にカイの性格すらも操作させているのなら、世界の強制力と言ってもいいだろう。

まぁそんなことより今はヘラのスピーチを聞かなければ。

俺は極限まで耳と目に意識を集中させてヘラを見る。

今の俺の気持ちはさながらアイドルを推すオタクのような心境だ。

ヘラは登壇すると、ふと誰かを探すように視線を彷徨《さまよ》わせたかと思うと、少し落胆の表情を見せる。

その姿に違和感を覚えるも、すぐに凛々《りり》しい表情で口を開いた。

「――――暖かな春の訪れと共に、私達一〇〇〇名は王立精霊学園に新入生として入学式を迎えることができました。これからの学園生活のなかで、時に迷うことや苦しい時があるかもしれませんが、同じ学年の仲間達と協力し合い助け合いながら乗り越えていきたいと思います。校長先生をはじめ、先生方、先輩方、いかなる時も努力をしていきますので、どうぞよろしくお願いいたします。第四〇〇回生代表――――ヘラ・ドラゴンスレイ」

ヘラはそう言って頭を下げると、教師達が拍手をし、それが伝染するかのように会場中の全員が拍手をした。

もちろん、俺は一番早く拍手をしたぞ。

何なら代表挨拶が始まる前から拍手の準備をしていたくらいだ。

ついでに、俺が拍手をした瞬間、ヘラと目が合ったのは俺の勘違いなのだろうか。

少し表情を緩めたように見えたが……まぁおそらくヘラが神々しすぎて俺が幻覚を見たんだろう。

ヘラが顔見知りでもない俺を見て表情を緩めるわけないからな。
ヘラは大喝采を浴びるなかで綺麗《きれい》なお辞儀をして降壇する。
俺はそんな推しの晴れ舞台を一人、親のような心境で見ていた。
さて――――あとは全《すべ》て聞く必要ないから聞き流しておくとするか。
俺は爆睡をかますことにした。

「見つけた……」

降壇したヘラは、わずかに口角を上げた。

◇◇◇

「えっと……俺のクラスは……」

入学式が終わり、魔法によって自分のクラスの書かれた紙を見ながら教室に向かう。

すでに何百回以上もこの学園には来ているので迷子にはならない。

ちなみに俺のクラスは高くも低くもない平凡な者達が集まるCクラス。

正しく俺が考えていた中で最高のクラスである。

ヘラと同じクラスのSクラスは緊張しすぎてどんな奇行を起こすかも分からないし、高いクラスほど貴族達の選民意識が強いのでできれば遠慮願いたかった。

逆に最下位クラスであるFクラスは問題児の巣窟《そうくつ》なので普通に面倒。

そして、Cクラスはストーリーのメインキャラがいない唯一のクラスだったはずだ。

これに関してはあまり自信がないが、一クラスだけモブしかいないクラスがあったのだけは覚えているので、おそらく合っているだろう。

つまり――――Cクラスは学園の中で最も楽で穏やかなクラスというわけだ。

俺はゲームの中で最も見た教室を現実で見れることに少し興奮しながら扉を開く。

ガラガラと引き戸特有の音を聞きながら中を見渡すと――――。

「――――……あ、あれ？」

俺はCクラスの最奥列の端っこに座っている一人の生徒に驚きのあまり目を奪われる。

そこには一人の恐ろしく整った顔立ちの男子生徒が物憂《ものう》げそうに窓の外を見ていた。

その生徒の姿を俺はよく知っている。

何ならゲームでも常にチームに入れていたほど多用していた。

「な、何で主人公の友人キャラがこんなところにいるんだ……？」

主人公カイの友人キャラにして、ゲームでも屈指の実力を誇り、主人公と同じFクラスにいるはずの――――アーサー・ウィンドストームその人が、このCクラスという平凡クラスの教室にいた。

……この世界にストーリーの強制力は存在しないのかもしれない。

そんなことを考えてしまう俺であった。

――――アーサー・ウィンドストーム。

この国の国防を担う武闘派精霊士ウィンドストーム侯爵家の次男。

その中でも才能も実力も飛び抜けているが、その力をうまく隠している――――いわば俺のやろうとしていることを十数年間もやり続けている先駆者だ。

理由としては、長男との当主争いに巻き込まれたくないというのと、貴族が嫌いだから。

しかし、きちんと侯爵家として舐《な》められないほどの実力に調整しており、陰口を言われることもない。

さらに長男とも家族とも仲が良いのだ。

彼自身の性格は、正直この世にいていいのかと思うほど良く、顔ももちろん良い。

まぁそれでもメインキャラなのでもちろん関わりたくは絶対にないが。

『……すぅ……おい、爺さん』

『何じゃ――――っとすごい才能じゃなぁ』

爺さんは俺の目を通してアーサーを見て、思わずといったふうに感嘆の声を上げた。

あの爺さんが唸《うな》るほどだから、いかにアーサーの才能が飛び抜けているかが分かるだろう。

まぁ才能も努力もヘラの方が上だがな。

異論は一切、永遠に認めない。

『お主《ぬし》……ヘラちゃんのことになると頑固じゃのう』

『ヘラちゃんって呼ぶな、ぶっ殺すぞ』

『恐ろしいのう⁉』

にわかがヘラのことをちゃん付けで呼ぶことは許されない。

せめてヘラのいいところが二〇個言えないと認めないぞ。

「よし……とりあえず離れて座ろう」

俺はそう誓い、対角である一番前の廊下側に腰を下ろす。

俺が意外と来るのが早かったせいか、アーサーを除いて数人しかまだ来ていなかった。

つまり――――ものすごく気まずい。

俺は元々コミュ強ではないし、誰かとワイワイして遊びたいといった人間ではなかったので、初対面の人と話すのは苦手だ。

しかし運のいいことに、すぐに他の生徒達も続々と教室に入ってきた。

それとほぼ同タイミングで教師も入ってくる。

「――――席に座ってください。これより朝のSHRを始めます。私の名前はルージュと申します」

――――あの選民意識の高そうな女性教師が。

その顔を見た瞬間――――俺と他の数人の顔が固まる。

おそらく俺と同じ平民だろうが、皆が皆、教師ガチャハズレだ……と軽く絶望していた。

そして案の定――――。

「若干名平民も混じっていますが……まぁ良いでしょう。それではアーサー君から自己紹介をよろしくお願いします」

俺達を見て侮蔑の視線を向けたあと、面倒くさそうに嘆息した。

その姿にイラッとくるが、ここで力を発揮するわけにはいかない。

それに――――俺が何かやる必要はない。

「どうもアーサーです。一応侯爵家の次男で、風魔法が得意です。上級精霊と契約しています。まぁ兄さんよりは弱いですけど」

笑いながらそう言うと、クラスメイト達から少し笑いが漏れる。

しかしそれは決して嘲笑というわけではなく、お笑いなどを見て笑うといった感覚だ。

そしてアーサーは、今度は少し暗い笑みを浮かべる。

「僕は貴族だの平民だの騒いでいる人はあまり好みません。ですが、それ以外の人とは仲良くしたいと思っています。よろしくお願いします」

あえてルージュの方を向いて笑みを深める侯爵家の子息であるアーサーに言われ、たじろぐルージュ。

まぁそれも仕方ないだろう。

貴族至上主義そうなルージュが、貴族の大御所の子息に遠回しに『お前は嫌い』って言われたんだからな。

そりゃダメージも大きいだろうさ。

現にルージュは、眼鏡がずれているのを直そうともせず、口元をヒクつかせている。

そんな二人を見て、一部を除いた貴族からも平民からも笑いが漏れた。

どうやらCクラスにはそこまで選民意識を持った生徒はいないらしい。

このクラスの皆とは仲良くなれそうだ。

こうして教師であるルージュを初日から放って自己紹介が行われた。

◇◇◇

一時限目が終わると、ルージュは逃げるように教室を後にした。

すると一気に教室は賑《にぎ》やかになる。

「なぁ君の名前は!?　俺の名前はルドっていうんだ！　一応男爵家だが、敬語とか堅苦しいものは必要ないからな！」

「それはありがたい申し出です……ありがたい。俺はシンだ。よろしくな、ルド」

何かものすごく陽キャな男子生徒が俺の元へ来てくれたおかげで、早速《さっそく》友達ができた。

その後も、何人もの生徒が男女問わず友達になろうと誘ってくれた。

『このクラスは良い人間ばかりじゃのう……』

ああそうだな。

正直、差別が最も顕著に現れるこの学園でこんなクラスがあることが奇跡だ。

しかしその雰囲気にしたのは――紛れもなくアーサー・ウィンドストームだ。

彼がいなければこれほど和気藹々《わきあいあい》としたクラスにはならなかっただろう。

ちなみにアーサーは、男子からも女子からも――若干女子の方が多いが――囲まれていた。

そして相変わらず爽やかな笑みを浮かべて応答している。

しかし――――ふと俺と目が合い、何やら含みのある笑みを浮かべた。

さらには口パクで何かを伝えてくる。

「あ・と・で・ふ・た・り・で・は・な・そ・う」

その瞬間――――俺の背筋がゾクッと凍ったかのような感覚に陥る。

『あやつ……恐ろしいのう』

「……そうだな」

俺はとりあえず、頷《うなず》いておくことにした。

◇◇◇

昼休憩。

Cクラスの皆が一緒にご飯を食べて交流しようとしている時に、俺はアーサーに呼び出されて誰もいない空き教室へとやってきていた。

ただ、相当クラスから離れているので原作知識がなければ辿《たど》り着けなかったかもしれない。

辿り着いた空き教室は、無造作に机や椅子が置かれ、太陽の光を反射した埃《ほこり》が大量に舞っているのが確認できる。

とてもではないが衛生的ではないと言える空き教室で、窓の近くで太陽の光を目にかからないくらいの緑色の髪に反射させながら外を眺めていたアーサーに話しかける。

「それで……俺に何の用ですか？」

「そんなに怖い顔しないでよ」

アーサーは感情の読めない柔和な笑みを浮かべた。

こういったところが俺は苦手なのだ。

ただでさえ対人関係に疎《うと》い俺が奴の仮面の奥の真意に気付けるわけがないだろ。

「ただ――少し君に尋ねたいことがあってね？」

「尋ねたいこと……ですか？」

はてさて……一体どんなことを聞かれるのか。

俺はアーサーの一挙一動を細かに観察しながら身構える。

そんな緊張感漂う空間で、アーサーは口を開く。

「単刀直入に言うけど――僕と手を組まないか？　君も僕と同じ転生者なのだろう？　隠れ最強キャラのシン君？」

……コイツもかよ……。

俺がウンザリとしていると、固有精霊界でお茶を飲んでいた爺さんが興味深そうに言った。

『こやつ……お主とどこか違うぞい。転生者とは少し違うのう……お主のように魂が二つあるわけではないからのう』

『だが、ストーリーを知っているわけだろ？　なら転生者とほぼ変わらないだろ……』

なぜこうも俺の計画を狂わせる人間が立て続けに現れるのだろうか。

俺は、この世の無情さに思わず天を仰いだ。

「ふぅ……お前は何者だ……？」

「だから、そんなに怖い顔しないで」

アーサーが笑みを浮かべて敵意がないというふうに手を上げる。

ただそのポーズはこの世界ではあまり意味がないように思えるが……前世の記憶を持っていることを証明したいのだろうか。

「それに僕は君みたいな転生者とは少し違うんだ」

「……どんなふうに違うんだ……？」

「うん、簡単に説明すると……記憶だけを引き継いだって感じかな？　ある日突然この世界の攻略本を手に入れて読んだって感じ。だから君みたいに自我が混ざり合うわけでもない。僕は紛れもなくアーサー・ウィンドストームだよ」

なるほどな。

だから爺さんが俺のように魂が二つないって言っていたのか。

それにしても例えるの上手いなコイツ。

俺は今一度アーサーを観察する。

俺への敵意は感じられないし、武器を持っている様子もないな。

さらに言えば学園内での無許可な魔法の使用は禁止されているので、品行方正なアーサーが魔法を使うとは考えにくい。

「お前は俺の知るアーサーで間違いないのか？」

「うん。ただこの世界の攻略本を頭の中に取り込んだ、少しグレードアップした僕だよ」

まぁ確かに、先ほどもゲームでのアーサーがやりそうなことをやっていたし、俺やあのカイのように性格が変わっていることもないので、多分奴の言うことは本当なのだろう。

ただ――――。

「――――お前が俺に協力を求める理由が分からん。本来ならお前はカイの友人キャラだろ？」

俺が一番理解できないのはそこだ。

なぜこの話を俺に持ち掛けるのかが分からない。

俺が訝《いぶか》しげにアーサーを見ていると『わかったよ降参だよ降参』と言って話し始めた。

「――――僕はね、将来結婚したい人がいるんだよ」

「………は？」

俺はアーサーの驚きのカミングアウトに一瞬思考が停止する。

え、コイツに結婚したい人がいるのか？

いや、まぁコイツも思春期の男だし色恋に興味があるのはもちろん理解ができるんだが……、コイツの好きな人って幼馴染《おさななじみ》で聖女のシンシアじゃなかったっけ？

だからたとえ主人公に好きな人を取られても、傍《そば》で主人公を支えていたとか何とか……。

今考えると友人キャラが好きな人を主人公に取られるって鬱ゲーっぽいよな。

よく闇堕《やみお》ちしなかったよ。

「シンシアは良いのか？」

「うん。だいぶ昔にカイって男を好きになったからね。それにこの世界の知識でどのみち彼のモノになるならきっぱり諦めようと思って」

「まぁ……それが一番の最適解だな。……ちなみにお前の好きな人は？」

「ん？　普通の平民だよ。多分君も知らないさ。でもとても優しくて健気《けなげ》で僕に元気をくれるんだ」

そう言って彼女を思い出しているのか少し顔を緩ませるアーサー。

彼のこんな顔はゲームでも見たことがなかった。

アーサーは、大体常に柔和で爽やかな笑みを浮かべていた。

しかしどれも幸せそうな笑顔とは言い難《がた》いものだったのをよく覚えている。

「……ベタ惚《ぼ》れじゃねぇか」

「そうだね。僕は彼女――マリアが好きだよ。そして今付き合ってる。この学園を卒業して家を出たらプロポーズするつもりさ」

「だから力を隠しているのか？」

「本来は家督を継ぐのが面倒だからだったけど、今ではそれが一番の理由かな。貴族と平民は結婚できないからね。だから彼女の為にもカイのくだらない争いに巻き込まれるわけにはいかないのさ」

「だから俺に近づいたと？」

「共犯者がいる方が隠しやすいだろう？　先生の目を欺くのはさすがに難しいんだ」

アーサーは肩をすくめて『不甲斐《ふがい》ないことにね』と言った。

確かに、いくらアーサーが強いとはいえ、あくまで学生レベルだし、その実力で先生を欺くのは至難の業だろう。

だから自分と同じで隠しごとがありそうな俺に目を付けたと。

『どう思う、爺さん？』

『嘘《うそ》は言っておらぬぞ。全て本心じゃな』

爺さんが言うなら間違いない……か。

「……お前の動機は分かった。だが……お前と手を組んで俺に何の得があるんだ？」

「――シン君はヘラ様が好きなんだろう？」

コイツ……一体どこまで知っているんだ？

「僕なら君と彼女を会わせることができる。これでも侯爵家の子息だからね」

確かにガチ恋勢の俺にとっては願ったり叶《かな》ったりの提案だ。

しかし、俺は彼女の幸せが一番なので、彼女に無理に近づこうとは思っていない。

俺なんかは陰で護《まも》るに限る。

「――――遠慮しておく。俺にはその提案は必要ない。ただ……その代わりと言っては何だが、主人公に顔が割れるのと、ヘラに向けられる貴族からくる悪意を防いでくれ」

「もちろんそれくらいお安い御用さ。じゃあ……よろしくね」

「……ああ」

この瞬間――――俺達は協力者となった。

◇◇◇

「ここからなら誰にもバレずに学園を出れるよ。僕が彼女に会いに行く為に毎回使っているんだ」

「大貴族の家族に内緒で数年間も付き合えるとか……すごいなお前」

「これでも隠しごとは得意だからね」

放課後。

俺はアーサーと共に学園の裏門よりも人のいない、雑木林の中にある小さな門にやって来ていた。

理由はアーサーが俺にマリアを紹介したいとのことで、誰にもバレないように外に出るためだと言う。そんな俺達の背後から人の気配がしたかと思うと――――。

「――――ご機嫌よう。こんなところで何をしているのかしら?」

「!?!?!?!?」

「あ、これはヘラ様。お久しぶりです」

なぜかヘラがそこにいた。

突然のことに俺は驚きと困惑で軽くパニックに陥る。

め、女神……じゃなくて。

何でここにヘラがいるんだ……!?

俺はものすごい勢いでアーサーを見るも、アーサーも俺と同じく困惑しているようで、困ったように笑みを浮かべていた。

この表情を見るに、彼がヘラを呼び出したわけではないらしい。

「ならアーサーに用か?」と、俺の頭が混乱を極めていると――――なぜかヘラは俺の方を見て言った。

「初めまして。私はヘラ・ドラゴンスレイよ。貴方《あなた》の名前は？」

――――なかなかお目にかかれない、小さな笑みを浮かべて。

あっ女神が笑みを……尊い……。

ヤバいって……攻撃力高すぎだろ……可愛すぎ死ぬ……あっ。

俺はヘラのあまりにも眩《まぶ》しくて神々しい笑みに尊死した。

◇◇◇

時間は戻って十数分前。

シンの推しであるヘラ・ドラゴンスレイは、どうしても彼のことが気になってしまい、彼女に群がる貴族令嬢や子息を撒《ま》いて、放課後を知らせるチャイムと共に教室を出た。

そしてヘラのお目当てであるシンがいるというＣクラスに向かったのだが……その途中の廊下で、シンとアーサーが何やらコソコソと周りを見回しながらどこかに向かっているのを見つける。

「何をしているのかしら……？」

ヘラは不思議そうに首を傾げる。

しかしどうしても気になったのか……少し離れた柱の後ろに隠れて二人の様子を盗み見る。

何かを話している様子の二人に、ヘラは耳を澄ませるも……残念ながらここからでは声は聞こえなかったらしく、面白くなさそうに小さくため息を吐《つ》いた。

（それにしても……あのウィンドストーム家の子息が邪魔ね。彼がいなければ私が話しかけにいくのに……）

「あっ……」

ヘラが思考の海に沈んでいると、いつの間にか徐々に離れていくシンとアーサー。

二人の動きに気付いたヘラは、バレないように細心の注意を払って後ろをついて行く。

そんな自分の様子がまるで本の中の探偵のように思えて、ヘラは知らず知らずのうちに口角を上げていた。

しかし実際はそれだけではなかった。

ヘラは気付いていないが……常に誰かしらが彼女の周りにいることも相まって、普段できないことをしているという特別感がさらに彼女の気分を高揚させていたのだ。

こうして公爵令嬢とは思えぬ動きでコソコソとシンとアーサーの後を追っていたヘラだったが……

鬱蒼《うっそう》と茂る雑木林の前で立ち止まる。

（ここはどこなの？　見たことないところだけれど……二人は何をしているのかしら？　いえ、ここで立ち止まっていては二人を見失うわね）

　ヘラは雑木林の中に入り――――話し声が聞こえて息を潜める。

「ここからなら誰にもバレずに学園を出れるよ。僕が彼女に会いに行く為に毎回使っているんだ」

「大貴族の家族に内緒で数年間も付き合えるとか……すごいなお前」

「これでも隠しごとは得意だからね」

（なるほど……どうりで私に全く興味を抱いていなかったのね。まぁ私は興味を持たれない方が楽で良いのだけれど……この情報はあとで使えそうだわ）

　ヘラはそう思案したのち、木の陰から出て二人に声を掛ける。

「――――ご機嫌よう。こんなところで何をしているのかしら？」

「！？！？！？」

「あ、これはヘラ様。お久しぶりです」

　シンは突然現れたヘラの姿に驚きで目を見開いて固まっていた。

　そんなシンの様子に、ヘラが面白そうに口角を上げる。

　その時――――この前のが間違いではないと証明するように、シンから前回と同じ感情が流れてきたことにヘラは内心さらに笑みを浮かべる。

　ヘラは小さく口角を上げたまま、未だ驚愕《きょうがく》に固まるシンへと、人生で初めて自分から名前を名乗った。

「初めまして。私はヘラ・ドラゴンスレイよ。貴方の名前は？」

対するシンは、推しに突然話しかけられた――――それもわずかに笑みを浮かべながら――――ことによって思考が完全に停止した結果……白目を剥《む》いて気絶した。

「！？！？」

「シン君!?　どうしたんだい急に!?」

突然気絶したシンに、ヘラもアーサーも目を見開いて驚く。

しかしすぐに冷静さを取り戻したアーサーがシンをおぶり、ヘラの方へと視線を送る。

「ヘラ様も来ますか？　一応僕の彼女の家なのでバレないと思います」

「っ!?　……私に言っても良かったの？」

「もう全部聞いていたんでしょう？　僕は風魔法が得意だから風の流れで分かるんですよ」

そう言ってアーサーは、自分に少し警戒心を抱いている様子のヘラにウィンクをする。

（……ずっとバレていたのね。本の中の探偵ってどうやって追跡しているのかしら）

そんなことを考えながら、ヘラは一度気絶したシンに視線を向け……小さく首肯した。

「なら、お言葉に甘えることにするわ……」

◇◇◇

「――――あっ」

「――――…………え？」

俺が目を覚ますと――――何よりも先に俺の目にはヘラ《推し》の美しいお顔が映った。

復帰して早々再び頭が混乱する。

な、何でヘラが俺の近くに……というか、ここどこだよ……。

俺は辺りを見回してみるも、見覚えが全《まった》くと言っていいほどない。

強《し》いて分かることと言えば、貴族の家ではないということくらいか。

俺はチラッとヘラを見る。

彼女は心配そうに俺を見ており、目が合っては首を少し傾げていた。

可愛い……マジでその顔だけで俺の寿命が延びるわ。

ただ、ずっと見つめ合うのも気まずいので、何かしら話しかけてみる。

「え、あ、あ、えっと……ここはどこでしょうか……？」

何してんの俺ー!!

もっと何か話の広がる話題があったろ!?

「ここはウィンドストームの彼女さんのご自宅らしいわよ」

「あ、そ、そうなんですね……」

確かに言われてみれば、どことなくシンの家の内装に似ている木製の天井や壁、床に敷かれた薄いカーペットと木製のテーブルと椅子などから平民の家であることが窺《うかが》えた。

しかしそんなことはどうでもよくて……俺は今ものすごく達成感に満ち溢《あふ》れている。

何なら脳内でクラッカーがいくつもパンパン鳴り、全俺が胴上げをしているほどだ。

お、推しに自分から話しかけることができたぞ……しかも一対一というこの極度に緊張する場面で……！

俺が幸せを噛《か》み締《し》めていると、ギギッという音が鳴ったかと思えば、桶《おけ》のようなものを持ったアーサーとマリアさんと思わしき美少女がやってきた。

「あ、目を覚ましたんだね。彼女が僕の彼女のマリアだよ」

「ま、マリアですっ！　身分不相応な身でありますが、アーサー君とお付き合いをしていますっ！よろしくお願いしますっ！」

「あ、よろしくお願いします。ついさっきアーサーの友達になりましたシンです」

「し、シンさん、よろしくお願いしますね！」

俺達は遠慮がちにお互いに挨拶し合う。

多分彼女も俺と同じく陰の者だと思う。

なんか俺と同じ匂いがするからな。

マリアさんは俺に挨拶したあと、『皆さん分のお茶持ってきますねっ』と言って下に降りて行った。

多分この場にいるのが気まずかったのだと思う。

「それでアーサー。ちょっとこっち来て」

「ん？　どうしたんだい？」

俺はアーサーを引き連れて部屋の隅に移動すると、小声で囁《ささや》く。

「どうしてここにヘラがいらっしゃるんだ？　俺、緊張しすぎて死にそうなんだけど」

「もしかして……緊張しすぎて気絶したのかい？」

「いや、それは違う」

「――――シン君とウィンドストームは何の話しているの？」

「シンく！？！？」

お、推しが俺の名前を……俺は今日死ぬのかもしれないな。

固まる俺を見てキョトンとして首を傾げる推しの姿を見ながら、俺はボンヤリとそんなことを考えていた。

◇◇◇

「……昨日のことは現実だったのか……？　もしかしたら俺が作り出した妄想または夢という線も
――――そっちの方がありそうだな」

『夢じゃないわい……信じられないからと妄想と処理するのはやめんか』

爺さんが未だに信じられない俺に、呆《あき》れたように溢《こぼ》す。

だが、今回は俺がこんなことになるのもしょうがない気がする。

だって推しと同じ空間にいて名前まで呼ばれて会話までしたんだぞ？

誰だって夢か妄想かと本気で思ってしまうだろ。

ちなみに昨日はあれから三〇分ほど雑談に興じたあと、ヘラがあまり姿を消していれば家族が何をするか分からないといった感じですぐに解散となった。

ここでアーサーの交際がバレたらバレたで別の意味でヤバいというのも一つの理由だ。

「皆さ～ん――――今日は初めての精霊の授業ですから、くれぐれもふざけたりしないでくださいね～～。もしそのようなことが発覚すれば最低でも停学ですからね～」

そう言うのは、あのあと侯爵家の捜査で色んな汚職がバレて担任を降ろされたルージュに代わり新たな担任になった、ほんわか系美女のエマ先生。

エマ先生はゲームでのサブヒロインで、有料ＤＬＣで攻略が可能になるキャラだ。

ちなみにＤＬＣがリリースされるまでは、Ｆクラスの担任として様々な困難に悩まされる主人公を教え導く……いわゆるお助けキャラ的立ち位置だった。

母性の塊で、数多《あまた》のプレイヤーを幼児退行させたゲーム内屈指の人気ぶり。

そんな彼女だが、主人公の手に掛けられているかは不明である。

そんなママ系ヒロインのエマ先生のぽわぽわした笑みとは裏腹のものすごく恐ろしい一言に、生徒達は一瞬にして静かになり、背筋を伸ばして綺麗に座る。

皆、真剣な表情でエマ先生を見ていた。

「皆さんは大丈夫そうですね～～。それでは中庭の一年生用の修練場に移動してください～～」

エマ先生がそう言って教室を出ると、皆どこからともなく並び始め、最終的に俺達はまるで軍隊のように整列して一言も会話をせず沈黙を貫いて修練場に向かうこととなった。

まぁそんな空気感のなか、俺の頭の中でうるさいくらい爆笑している爺さんには死ぬほど腹が立ったが。

「――――それでは精霊とすでに契約している人とそうでない人に分かれてください」

ゲームでも何度も出てきていた有名モブのオーガス先生の言葉に、全一年生が一斉に移動を開始する。

俺は中級精霊と契約していると受験の時にも書いていたので、契約している人達の下へ。

「シン君も契約しているんだね」

「ああ。一応中級精霊とな」

俺が契約している生徒の下に着くと、すでにいたアーサーが笑顔で近づいてきた。

ちなみにアーサーには爺さんと契約していることは言っていない。

当たり前だが、この世界に神霊と契約している者は一〇人足らずで、その価値は国が神霊契約者を取り込むために他国間で牽制《けんせい》し合っているほどだ。

依頼をするにも莫大な資金が必要で、敵に回すなど以《もっ》ての外《ほか》。

過去にとある帝国が神霊契約者を敵に回し、一夜にして滅ぼされた。

当時の帝国の人口は一億人足らずだったが、兵士は数百万人もいたにもかかわらず、全てを羽虫のごとく薙《な》ぎ払《はら》ってしまったほどである。

そんな誰もが喉から手が出るほど欲しがる神霊契約者だと、ここでバラすのは愚策以外の何物でもない。

「そういうアーサーは上級精霊と契約しているんだったか？」

「うん。本当は超越級精霊だけどね」

「!?　おいっ」

「大丈夫だよ。周りの風をコントロールしてるから声が周りに届くことはないよ」

そうは言ってもな……ナチュラルに暴露するなよな。

まぁ全部知っているんだけどな。

ちなみに推しのヘラは、相変わらずたくさんの貴族達に囲まれている。

見た感じの表情は変わっていないが、ヘラガチ勢の俺には彼女が嫌がっているのが手に取るように分かった。

そこで俺はアーサーに告げる。

「アーサー頼む」

「了解だよ。じゃあ少し離れるね」

アーサーは俺にそれだけ告げてヘラの下へ向かう。

なぜ俺が行かないかなど言わなくても分かるだろう。

俺のような平民がヘラに近づけば余計面倒なことになるだけだからな。

しかしアーサーは公爵家に継ぐ有力貴族の子息。

アイツに逆らえる者はほとんどいない。

そして俺の狙い通り、アーサーは見事ヘラを救い出した。

さらに何やら話をしてヘラが驚いた顔でこちらを見たので、きっとアイツが何か余計なことを言ったに違いない。

「チッ……余計なことを……あとで何を言ったか問い詰めるか」

俺はそう心に決め、有名モブ、オーガス先生が話し出すのを待つ。

ふと精霊と契約していない者達の方を見ると、大体が平民で、辺りの精霊と契約をしている者達から陰口を叩《たた》かれていた。

何なら先生の見えないところで貴族が平民を脅しては笑ったりしている。

『上には媚《こ》び、自分より下の者には嘲笑か……醜いのう……』

爺さんが呆れたように吐き捨てる。

まぁこんなに格差が顕著なのは人間だけだろうな。

だが――――。

『それが人間だ。特にこの学園はそれが顕著なんだよ。俺からしたら俺らのクラスが異常なだけだ』

もちろんいい意味でだけどな。

あんなに貴族と平民関係なく仲が良いのはウチのクラスくらいだろう。

俺が未だに仲良く話す我がクラスの固まりを見ていると、オーガス先生が話し出す。

「皆さん分かれましたね。それでは精霊と契約を交わしていない生徒は、私の助手のアリスに精霊と契約する方法などを教えてもらってください。そしてすでに契約している生徒は、これから精霊と共に戦闘訓練を行います。誰かエキシヴィジョンマッチをやってくれる生徒はいませんか？」

オーガス先生の投げかけに、誰も応《こた》えない。

多分どの生徒もここで負けることでこの先の自分の人生が左右されると分かっているのだろう。

しかし――――一人だけ手を上げた。

「しょうがないな……。ここは実技一位の俺が出てやるか……」

そう――――転生者（？）のカイだ。

完全に調子に乗っている彼の言葉に場の空気が固まる。

もちろん俺もだが、他とは違う理由で、だ。

……ストーリーを簡単に変えてくれんなよ……。

そう、本来このエキシヴィジョンマッチで主人公であるカイが戦うことはない。

本来であればヘラと二年生が戦い、ヘラが圧勝するというストーリーだ。

こんな非常事態に当たり前だが、誰もがカイの魔力量と実技の戦いを目の当たりにしているため、誰もやりたがらない。

そしてどこから始まったのか分からないが……口々にヘラが戦えば良いと言う者が現れた。

俺はそんな無責任な奴らの言葉に怒りを覚える。

「クソ野郎共が……ヘラに押しつけんじゃねぇよ……ここは俺が出るか？」

こんなところで戦うとなれば目立つことは避けられない。

しかし――――。

好きな推しが目の前でやられているのをただ黙って見ていることの方が許せない。

「私がやりま――――」

「俺が出ます」

ヘラが全て言い終わる前に俺は大声を上げて手を挙げた。

突然のことにヘラもアーサーもこの修練場にいる全ての生徒が驚いたように俺に注目する。

「シン……実技は学年三七八位か……大丈夫か？」

オーガス先生が少し心配そうに俺に聞くが、俺は大きく頷く。

「大丈夫です。負けることは分かっていますが、できるだけ怪我《けが》しないように頑張ります」

「……ありがとう。――――それではこれよりカイ vs. シンのエキシヴィジョンマッチを始めます！

両者は武舞台に上がってください」

俺に数多の生徒の視線が痛いくらい刺さるなか、アーサー、クラスメイト達が心配そうにこちらを見ていた。

そんな良い奴らに俺は笑顔でサムズアップする。

そして――――。

「シン君、私が彼との対戦を――――」

ヘラが心配そうにこちらへ近づき、そう言ってくれるが……俺は再び被《かぶ》せるように口を開いた。

「大丈夫です、ヘラ様。これでも傭兵《ようへい》をやってましたので、自分が怪我をしないように立ち回るのは得意なんです。それに――――」

俺はヘラの目を見て言った。

「――女の子をこんな危ない目に遭わせるわけにはいかないでしょう？」

「っ!?」

驚いたように瞠目《どうもく》して固まるヘラを置いて、俺は武舞台へと上がった。

「お前は……ふっ、主人公を際立たせる噛ませか」

カイは一瞬俺の顔を見て訝しげな顔をするも、すぐによく分からない解釈をして、憐《あわ》れむような笑みを浮かべる。

俺はそんなカイの挑発を無視して、いかにして目立たず負けるかを模索し始めた。

「両者準備はいいですか？」

「ああ」

「大丈夫です」

相変わらずカイの態度は悪いが、オーガス先生は特に気にした様子もなく手を上げ――。

「それでは――始め!!」

開始のゴングを鳴らした。

俺は開始と同時に雷の光の玉のような精霊――フルミニスを呼び出す。

もちろん中級雷精霊の方だが、この試合においてはこれで十分だ。

『奴は……転生者かのう？　魂が二つに分離しておるぞ。お主ともあの童とも違うのう……』

確かアーサーは元の魂のままで、俺が二つの魂が融合してお互いの性格が互いに影響し合っている……だったか。

なら今の奴は完全に転生した方の人格だろうな。

『俺と奴はどうして違うんだ？』

『それは――――お主の身体《からだ》の持ち主がすでに死んでいるからじゃよ。そうして欠けた魂の中にお主の魂が入り込んで融合したのじゃな』

俺は衝撃的な暴露に内心驚く。

……どうして死んだんだ……コイツは生きているはずなのに……。

これでも神霊契約者や超越級契約者でなければ殺されることなどまずないはずだが。

『それは儂《わし》にも分からんのう……すでに魂が融合し終わっていて儂でも記憶を見通せん』

なかなかに衝撃的なことを話されたが、とりあえずそれを考えるのはあとにして、今は目の前の問題から対処しよう。

先ほどから俺の精霊を観察していたカイが不敵な笑みを浮かべた。

「ふっ……お前、中級精霊しか扱えないのに俺に挑んできたのか？」

「この精霊で十分ですよ」

「はっ！　ならこれを見てもそんなことが言えるか!?」

カイはそう言うと――――身体から魔力を噴き出し、風圧がこちらまで届く。

その膨大な魔力に当てられた生徒達は悲鳴を上げながら必死に飛ばされないように踏ん張っていた。

さすがと言うべきか、オーガス先生やヘラ、アーサーは意外と何ともなさそうだったが。

そしてカイの魔力が突如この世界に次元の穴を開け、三体の精霊が現れた。

……上級二体と王級一体か。

『ふむ……なかなかやるのう。中の美しい魂の方に惹《ひ》かれたのじゃろうな』

明らかに中級一体の俺には過剰な戦力だ。

それは奴も分かっているはずだが……どうやら見せびらかすだけじゃないみたいだな。

「どうだ？　これで俺とお前の力の差を思い知ったか？」

「いえ、いくら精霊が強くても契約者が強くなければ大して脅威ではありません」

俺は全身に身体強化を施す。

雷電を纏《まと》えば俺の実力がバレるので、目立たないなおかつ隠蔽《いんぺい》しやすい身体強化を選択した。

それと同時に精霊に指示を出し、雷雲を起こさせ、稲妻を発生させる。

「ふむ……なかなかに戦い慣れしているな……」

そんなオーガス先生の声が言っていたのだが、今の俺には聞こえていなかった。

俺はだいぶ力をセーブしながら駆け出す。

その間にも雷鳴が轟《とどろ》き精霊が稲妻でカイを攻撃する。同時に俺も腰に差していた剣を抜いて加減して薙ぐ。

しかし──────。

「──────こんなものか……失せろ」

カイがそう言った瞬間──────稲妻がカイの目の前で霧散し、同時に俺と俺の精霊に炎と水、風の斬撃が飛んでくる。

「ぐ……フルミニスっ！」

俺はその場で急ブレーキを掛け、後ろに飛《と》び退《の》きながら身体を捻《ひね》るようにして一番早く到達した風の斬撃を避けて、雷の精霊に助けを求める。

その瞬間に雷の精霊の全力の稲妻が俺の目の前に降り注ぎ、炎と水を何とか掻《か》き消《け》した。

「噛ませ犬のくせによく避けたな……ならこれはどうだ？」

その瞬間──────俺が咄嗟《とっさ》に屈《かが》むとそのすぐ上を、先ほどよりも速度も威力も上がった不可視の風の刃《やいば》が通り過ぎた。

「よ、避けろぉおおお!!」

「キャアアアアア!!」

「うわぁあああああ!?」

その魔法は運の悪いことにまだ精霊と契約していない生徒達のところに飛んでいく。

「――――《障壁》」

その風の刃はアリスさんの障壁によって生徒達に当たることはなかったが、アリスさんがカイに苦言を呈す。

「カイ君！　もう少し周りのことを考えて戦ってください！　仮に怪我人が出たらどうするのですか！」

しかし、当のカイはというと――――。

「なら結界でも張ればいいだろう？　そんなこともできないのか？」

逆に注意をしたアリスさんを挑発する始末。俺はその口を黙らせるために軽めの雷を撃ち出す。

「《稲妻》」「《炎壁》」

空間を唸りながら高速でカイの下へ走る雷電はカイの生み出した炎の壁によって打ち消された。

「不意打ちか？　やはり弱者は卑怯《ひきょう》なことしかできないんだな」

「…………」

「はっ！　これなら俺がヘラを指名すれば良かったな」

その言葉に俺だけでなく生徒達――――特に貴族の連中が驚愕に目を見開く。

あのヘラを呼び捨てにしたのだ。

それも強いとはいえただの平民が、貴族である自分達ですら迂闊《うかつ》に名前を呼ぶことも許されない公爵家の令嬢を。

これには修練場に響《どよ》めきが巻き起こる。

そんな中でただ一人――――カイだけは生徒達を馬鹿にしたように笑った。

「この世界は強い奴が上だろ。なら俺がヘラを呼び捨てにしてもいいだろ？　なぁ……ヘラ、俺と戦わないか？　俺が勝ったらお前を好きにさせろ。お前が勝てば……まぁ何でも俺に命令しろ。絶対に守ってやるよ」

その言葉にヘラも驚いたように目を見開き、修練場にさらなる響めきが巻き起こる。

………落ち着け。

そんなことをヘラの家族が許すわけがない。そして何よりヘラが受けるわけがない。

俺は無意識に唇を噛み、拳を握る。


分かっている。

平民のカイの言うことを聞く必要などヘラには一ミリもないことは。

だが――――俺の中に渦巻く激情を抑えることができない。

「……カイ君、それは俺と戦うのが怖い、と捉えてもいいですか？」

「あ？　何を言っているんだ、お前？」

…………カイが勝ったらヘラを好きにするだと……？

ふざけたこと抜かしてんじゃねぇぞ、クソ野郎。

俺は暗い暗い笑みを浮かべる。

「だってそうでしょう？　俺と戦うのが怖いからこうして試合を中断しているのでしょう？」

「…………あまり調子に乗るなよ。いいだろう……お前は俺の足元にも及ばない雑魚《ざこ》だということを教えてやるよ。やれ――イグニス」

無表情になったカイがそう言い、人型の炎の精霊が手を上げると、この武舞台とほぼ同じ大きさ――直径約五〇メートル――の炎の球が俺達の頭上に現れる。

そしてそれはゆっくりと俺を呑《の》み込まんと落ちて来る。

「っ!?　こ、これ以上はやめなさいカイ君!!　これは明らかに一線を超えています！　――《多重障壁》ッッ!!」

「私も手伝います！　《多重障壁》!!」

オーガス先生とアリスさんが、俺の予想通り何重もの障壁を張り、さらには水の精霊を呼び出して水壁まで使う。

このおかげで外から俺達のことが見えなくなり、魔力が外に漏れる心配もなくなった。

つまり――一瞬ならば何をしてもバレないということだ。

『やるのか？』

『もちろんだ。これ以上は看過できない』

『……儂が出ればさすがにバレるじゃろうから、お主が何とかするのじゃぞ？』

『当たり前だろ。この程度――俺だけ十分だ』

俺はフルミニスを共有精霊界に帰すと、何もせずに頭上を見上げる。

その姿を見たカイは俺が諦めたとでも思ったのか、見下すような笑みを浮かべた。

「あれだけ挑発しておいてこのザマか？　何て情けな――」

「――お前は一つ過ちを犯した」

俺の身体から魔力が溢れ出し――辺りに雷電が雷鳴を轟かせながら渦巻く。

「だが……もう一つの魂に免じて今回は警告だけで終わっておいてやる」

「はっ！　警告？　弱者のお前が俺に警告するのか？」

俺は全身に雷電を纏うと――迫り来る巨大な炎の塊を殴り飛ばす。

瞬間――大爆発が巻き起こり、辺りを爆煙が包み込んだ。

「な――ッ⁉　そ、そんな馬鹿な――ぐっ⁉」

俺は爆煙の中、一瞬で移動してカイの首を掴んで持ち上げると、殺気をぶつけながら言い放つ。

「いいか、警告しておくぞカイ。次、ヘラに何かしようとすれば――俺がお前を殺すからな」

俺はそれだけ言うとカイを投げ捨て、全ての魔法を解除した。

そして爆煙が晴れ、障壁がなくなったあと、オーガス先生に告げる。

「降参です。どうやら俺に当たる前に爆発させたようですが……俺にはもうこれ以上は無理です」

「そ、そうか……よく頑張ったな。――これにてエキシヴィジョンマッチを終了します！　勝者は――カイ!!」

こうして俺はわざとふらふらと歩きながら、尻餅をついて呆然《ぼうぜん》としているカイをおいて武舞台を降りた。


俺は警告はしたからな、カイ。

もし次に、ヘラに何かしようとすれば――。


――その時は覚悟しておけよ？

◇◇◇

「大丈夫かシン？　どこか痛いところはないか？」

「昨日フラフラだったけどあのあとよく眠れた？」

「昨日は皆の為に出てくれたんだろ？　マジでカッコよかったぞ！」

「本当にカッコよかったよ！　私思わずきゅんとしちゃったもん！」

「そうそう！」

次の日いつも通り学校に来たのだが……案の定、朝からたくさんの生徒に囲まれてしまった。

自分で目立たないとか言っていたのにクラスに他クラスの生徒すらいる始末。

まぁ目立つ理由が俺の強さじゃないというのは不幸中の幸いか。

『人気者じゃのう？』

『全く嬉《うれ》しくないけどな』

俺は揶揄《からか》うように言ってくる爺さんを適当にあしらいながら、話しかけてくる生徒に愛想笑いを浮かべて言葉を返す。

そんななか、俺の救世主となるアーサーが登校してきた。

「皆おはよう。もうそろそろ教室に戻った方がいいよ？　時間も時間だからね」

朗らかな笑みを浮かべながら他クラスの生徒を帰そうとする。

そしてアーサーの侯爵家という威光が、他クラスの生徒を教室へと戻した。

「サンキュー、アーサー」

「随分と人気者になったね。まぁ皆の代わりにやられたんだから普通は罪悪感とかあるもんね」

まぁ、俺は皆の為じゃなくてヘラの為だけどな。

彼女がいなかったら絶対に出てないし。

「そういえば話変わるけど、今日から部活決めが始まるよね」

アーサーの言葉に俺はぼんやりとそんなことがあったなと思い出す。

原作ではどの部活にも入れてもらえなかった主人公が自分で部活を作るのだ。

どんな名前だったかはあまり覚えていないが、少し厨二《ちゅうに》チックな名前だったとは思う。

「ただ……アイツが部活作るか……？」

「作らない……かもしれないね。だいぶ強くなってるようだし、引っ張りだこだと思うよ」

「だよな……」

ほんと、事あるごとにストーリーをぶち壊しやがって。

いくら主人公だからといって、この世界がアイツ中心に回っているとは限らないのにな。

「ちなみにシンはどこの部活に入るんだい？」

「俺は……武術部だな。あそこの顧問と知り合いだし、そもそも俺の戦い方的に武術が必要なんだよ」

本当の理由は、武術部がストーリーに一番関係のない部活だから、というのもある。

必死に思い出してみても、武術部が何かしたかと聞かれれば全く出てこないほどだ。

つまり、目立ちたくない俺にとっては最高の部活。

その分、ストーリーに出ていないので詳しい部員は分からないが、後輩いびりくらいなら甘んじて受け入れよう。

「そういうお前は？」

「僕は精霊魔法研究部だよ。兄が部長を務めてて、前から誘われてたからね」

そういえばアーサーの兄も優秀だったな。

部活の部長になるには、その部で最も優秀でないといけないので、前世のように『はい、俺やります』とか立候補ではならないのだ。

逆に言えば、優秀ならばやりたくなくてもやらなければならないが。

「今日は授業ないし、皆もう行ってるみたいだけど僕たちも行く？」

俺はアーサーの言葉にふと教室を見渡すと、確かにほとんどの生徒がすでにいなくなっており、廊下の方からたくさんの生徒の声がした。

「そう……だな。俺達も行くか」

俺達は廊下を出てそれぞれの部室へと向かった。

◇◇◇

「――失礼します。一年Ｃ組のシンです。武術部に入部しに来ました」

「おおシンじゃないか！　無事に受かって何よりだ」

俺が武術部の扉を開けると、椅子に座ってコーヒーを飲んでいたドバン先生が少し嬉しそうに強面《こわもて》を緩めた。

こんな少し話しただけの俺の入学を喜んでくれるなんて、ほんといい教師だな。

「ありがとうございます！　何とか受かることができました。それで……入れますかね？」

「もちろんだ！　最近は武術部に入る生徒が減っているからいつでも大歓迎だぞ！」

確かに見た感じ武術部に来た新入生はいないので、よっぽど嬉しかったのか俺にコーヒーとそれに合うお菓子までくれた。

それからはあと少しで先輩達も来るらしく、それまで待っていてくれとのことだったので、色々と雑談をして待っていると――。

「――先生！　武術部に新入生が――って、まさかの有名人じゃないか！」

一番に入ってきた筋肉質の上級生は俺を見るや否《いな》や目を輝かせて、俺の手を取ってブンブンと振る。

そんな陽キャのノリに完全に俺は押され気味だった。

「よく来てくれたな、シン！　俺の名前はバージル！　君の噂《うわさ》は聞いているよ！　何でも皆のために格上相手に果敢に立ち向かったんだってな！　そんな熱血漢はまさにここ向きさ！　俺は歓迎するよ！」

「おはようございま～～す……って本当に新入生がいるんですけど⁉　私、完全に誰も来なくて虚《むな》しくなったドバン先生の嘘かと思ってました！」

「相変わらず人の心を抉《えぐ》るのが得意だな、アイリーン」

「あ、あははは……ごめんなさい」

アイリーンと呼ばれた活発そうな女子生徒は、結構失礼なことを言ったあとでギロッとドバン先生に睨《にら》まれて小さくなる。

そんな二人の他に来る気配がない。

部員はこれだけなのだろうか？

「ドバン先生、先輩はこのお二方だけなのですか？」

「ああ。去年までは一〇人いたんだが……今ではもう二人しかいない」

「残念ながら俺達三年は二人しかいないんだ。去年は誰も入部しなかった……」

「あ、あははは……皆ドバン先生を怖がってたもんねぇ……」

「すまん……」

アイリーン先輩の言葉にドバン先生がシュンと悲しそうに顔を伏せた。

さっきからアイリーン先輩はズバズバと人の傷口を抉っているので、彼女には弱みを握られないようにしよう。

俺がそう心に決めていた時――――部室の扉が開いた。

「――――失礼します。ヘラ・ドラゴンスレイです。武術部に入部しに来ました」

…………。

「「――――何だってぇええええええええええ！？！？」」

「うそぉ……？」

ヘラさん……どうしてこの部活に来たんですか？

たしか原作ではこの学園で一番の規模&強さの精霊魔法研究部に入る。

それは親からの命令だったので逆らえないはずなのだが……。

突然三人に叫ばれてオロオロとしている推しの姿を見ながら、俺はとりあえず使い物にならない三人の代わりに丹精込めてコーヒーを作ってお出しする。

ただ、武術部の部室ではコーヒー程度では拭えぬほどの気まずい空気が流れていた。

二人の先輩方はコソコソと『何でこんな弱小部にあの神童が来たんだよ？』『私だって分からないって』などと言い合い、ドバン先生はひたすら強面を全面に出して沈黙中。

ヘラは俺の作ったコーヒーを飲んでくれている。

それ自体は天にも昇るほど嬉しいが、この気まずい雰囲気は何とかしてほしい。

俺がひたすらにそう願っていると、ついにアイリーン先輩が動いた。

「そ、それで……け、結局ヘラ様も入ってくれるの……ですか？」

「はい。それに敬語は必要ありません。もっとフランクに話してもらって大丈夫ですよ」

「本当か⁉」

「本人が言っても敬語なくしちゃダメでしょ！　私達より圧倒的に地位が上なんだよ⁉」

「そ、それはそうだけど……」

ヘラは多分結構勇気を出して言ったのだろうが、それをどうしても公爵家という肩書きが邪魔をする。

確かに二人は先ほど聞いた限りでは子爵程度の貴族家らしいので、敬語を抜くのは難しそうだ。

少しシュンとして悲しそうなヘラに、ずっとダンマリを決め込んでいたドバン先生が口を開いた。

「……一つ聞いても？」

「はい。全然大丈夫ですよ。何でも聞いてください」

「ヘラ様はなぜこの部に入ろうと？　自分の部を貶《けな》すわけではないが、この部活は全部活内でも圧倒的に部員が少ない。それに貴女《あなた》ほどの実力があれば他の部活からも引く手数多のはずだが……」

「…………」

ドバン先生の言い分はもっともだ。

俺も、正直ヘラは武術部以外に入った方が断然いいと思う。

特に魔法関係について学んでおけば、将来受ける誘惑の魔法にも耐性ができるかもしれないからな。

「……先生と二人きりで話がしたいのですが」

「「「？・？・」」」

ヘラの言葉に全員が首を傾げる。

しかしさすが教師なだけあり、ドバン先生が即座にヘラの意図を汲《く》み取《と》ったのか、先輩方に俺を案内するように指示して、部室から俺達を遠ざけた。

俺達も特に反対する理由はないので、先生の指示に従い部室から出る。

部室から出た俺達は、三人で目を見合わせ――――。

「とりあえずこれからよろしくね？　私はアイリーン。アイリーン先輩って呼んでね」

「よろしくお願いしますアイリーン先輩」

「――――っ!?　う、うわぁぁぁぁ……私初めて先輩って言われたよ」

「俺のことはバージ先輩とでも呼んでくれ！　これから俺達が部活内容と部活をする場所の案内もしよう！　しっかり覚えて帰ってくれよ！」

「はい！　よろしくお願いします！」

ということで、俺は愉快な先輩方に案内してもらうこととなった。

◇◇◇

「……ひとまず人払いは済ませたぞ。それで……どうして武術部に入ろうとしたんだ？」

ドバンは目の前に座るヘラに問い掛ける。正直ドバンには、ヘラがこの部活に入る理由が分からなかった。

昔、ドバンはまだ一〇歳にも満たないヘラの姿を見たことがあり、その時ですら自身に比肩するほどの武術の腕前だったのを、鮮明に覚えていた。

そんなヘラが五年も経《た》てば、すでに自分が彼女に教えられることなど何も無いことは目に見えている。

それなのにヘラがこの部活に入るという意味がドバンには分からなかった。

「ここに入った理由ですか……本当に今から話すことは他言無用でお願いしますね？」

ヘラは丁寧な口調ではあるが、その華奢《きゃしゃ》な体躯《たいく》からは考えられないほどの強烈な威圧感を纏ってい
た。

あまりにも強力で強大なプレッシャーに、ドバンは表情を変えはしなかったものの、冷や汗が全身から滝のように噴き出す。

「……分かった。俺の全てを賭けて誰にも漏らさないことを誓おう」

「ありがとうございます」

ヘラは先ほどまで纏っていたプレッシャーを一瞬で霧散させて笑みを浮かべる。

まだ一五歳でありながら、如何《いか》に自分を大きく見せるかを分かっているヘラに、ドバンは底知れぬ

恐怖を感じる。

そんなドバンを見ながら――――ヘラが口を開いた。

「今、ドバン先生は私のことが『怖い』と思いましたよね？」

「っ!?　な、なぜ分かった？」

自身の心情を完璧に把握されていることにドバンは驚く。

そしてすぐに罪悪感に苛《さいな》まれて謝ろうとするが、それすらも先にヘラの手によって止められる。

「謝らなくても結構です。これが普通なんですから」

そう言うヘラの表情は、悲しそうに、されどすでに諦めているかのようで……とても一五歳の少女がする顔ではなかった。

ドバンは何かフォローを入れようとするが、すでにその顔をさせてしまった自分にその資格がないと気付き、口を噤《つぐ》む。

「私には昔から他者の感情が読める能力がありました。それは制御できず、相手の目を見れば絶えず流れ込んできます」

「………………」

「そして皆、私を見て、必ずどこかに恐怖を感じていました。その他にも大抵私に向けられるのは負の感情ばかり」

ドバンは考える。

仮に幼い頃から他者の負の感情を浴び続けて、正気を保っていられるかを。

結果は否だ。

絶対に耐えられない。

その内心が病み、外部との関係を完全に遮断するか、下手《へた》すれば自らの命を絶っているかもしれない。

それを目の前の少女は――ヘラは一五年も耐え続けてきたのだ。

「でも――彼だけは違ったんです」

「……彼？　――まさか」

ドバンは思わず声を上げそうになるも、外に聞こえてはいけないと口を押さえて我慢する。

それと同時に自分が聞かせられていることの重大性に気付いてしまった。

ヘラは、先ほどの暗い表情を一転させ、表情の変化こそ少ないものの……年頃の乙女のように、嬉しそうでどこか浮かれているように、ドバンには見えた。

「彼は――シン君だけは、私を見ても皆のように恐怖を抱いていなかった。それどころか私に対して一つの負の感情も抱いていませんでした」

「…………」

ドバンは終始無言のままだが、ヘラは頬に手を当てて気にせず話を続ける。

「私はそこからシン君のことが気になり始めたの。試験の時に試験官を圧倒的な力で残酷な勝利を上げたのに、シン君だけは私に負の感情どころか、純粋な尊敬と安心の眼差《まなざ》しを向けているのよ。そのあともずっと追跡してたのに怒る素振り一つせずに歓喜の感情を溢れさせて……ふふっ、あの時のシン君はちょっと可愛かったわね……」

そう話すヘラは、小さく笑みを浮かべており、口調も変わっていることから、完全に自分の世界に入り込んでいた。

「私は、シン君が今までの人生で一番気になっているわ。これが『好き』とか『愛してる』なのか、純粋に友達として好きなのか分からないけど……私は確実にシン君に惹かれているわ」

だから。とヘラは表情を整えてドバンに告げる。

「私はこの部活に入りたい。私はシン君のことがもっと知りたいの。そしてもっと仲良くなりたいのよ」

「…………そう、か……理由は分かった。他言無用という意味も。……入部を認める」

ドバンがそうヘラに告げると、ヘラは嬉しそうに笑みを浮かべた。

「じゃあ私はシン君達を追いかけますね？」

口調を戻したヘラは、鼻唄を歌いながらご機嫌そうに部室を出ていった。

そして一人残った部屋でドバンは呟《つぶや》く。

「シン……お前は一体何者なんだ……？」

その言葉は誰にも聞かれることなく虚しく消えていった。

◇◇◇

次の日。

学年問わず、学園中がたった一つの話題で持ち切りとなった。

――『冷徹令嬢』が学園一部員の少ない武術部に入部。

それも数多の人気な部活の勧誘を振り切って、だ。

ちなみに『冷徹令嬢』はヘラの二つ名だ。

常に素っ気なく、試験の時に恐ろしいほど無表情で試験官を圧倒したためにそんな呼び名が自然と定着していった。

そんな彼女が学園で最底辺の武術部に入部という大ニュースは、たった一夜で学園中に知られることとなり、ヘラの教室は生徒でごった返しているとか。

挙げ句の果てには教師が何人も駆けつけて場を収めるまでに至ったらしい。

そんな大変なことが起こった日の放課後。

俺は教室の扉で、まるでお地蔵さんのように固まっていた。

理由は単純明快。

「せ、せっかく同じ部活だし……一緒に行かない？」

その噂の中心であるヘラが、俺を部活に行こうと誘うという事件《きせき》が起こったからだ。

ヘラは初めて友達を誘うということで恥ずかしがっているのか、普段通りの無表情ながらも若干目を泳がせている。

正しく『尊い』を体現したヘラの姿に俺の心臓に大ダメージが入り、『冷徹令嬢』と呼ばれるヘラが誰かを誘うという超レアな光景に人が余計に集まる。

「お、俺……？」

「？　シン君以外同じ部活の人、いないわよね？」

「し────っ!?」

俺はヘラの爆弾発言に驚き、辺りを急いで見渡すが、アーサーが風魔法で声を聞こえなくしてくれたらしく、他の生徒達には聞こえていなかった。

「へ、ヘラ様……」

「ヘラでいいわよ。というか昨日からそう言っているはずだけど……呼んでくれないの？」

ヘラが少し悲しそうに眉を八の字に寄せ、しょんぼりとした雰囲気を纏う。

「…………ヘラ」

「はいっ」

先ほどの悲しそうな表情から一転、嬉しそうな気配を纏ってわずかに微笑を浮かべて瞳を輝かせる。

くっ……可愛すぎる……！

何だよこの『可愛い』の根源みたいな生き物は。

俺が推しの可愛さに心臓を押さえていると、辺りがザワザワしていることに気付く。

何事かと思って皆の視線の先を辿ってみると……微笑みを湛《たた》えたヘラの姿。

普段ヘラは誰にでも、いつでも無表情。

そんなヘラが微笑みを浮かべている。

それも男の前で。

――非常にマズい。

俺の頭が、わずか数瞬の間にその結論を出すと――。

「――今すぐ一緒に部室行きましょう」

「ふふっ、シン君って意外と即断即決なところがあるのね」

速攻でヘラの誘いに乗って、生徒の大渋滞から楽しそうなヘラを護りながら生徒共を掻き分けて部室へと直行した。

途中で推しのものすごく良い匂いがして危うく気絶しそうになったのは俺だけの内緒だ。

◇◇◇

「…………どういう状態ですか、先輩方？」

「見ての通りだ！　学園一マイナーな我らが武術部に全盛期が来ているのだよ！」

「そんなわけないでしょ！　どうせ皆ヘラさん目当てに決まってるじゃない！　それじゃなかったらこんなマイナーな部活、シン君みたいな一部を除いて誰も入らないから！」

「……申し訳ありません、私のせいで……」

「全然大丈夫！　この光景が見れて幸せだから！」

俺達武術部の部員は、部室の扉を叩く無数の生徒達を見ながらそんなことを言い合っていた。

やはりヘラの知名度は凄《すさ》まじいモノで、同学年どころか、明らかに先輩だと思われる生徒も交じっている。

「……そのまま修練場に直行しようか。一応修練場にも更衣室あるしね」

アイリーン先輩が、頭を掻きながら苦笑いを浮かべて言った。

だが、誰からも文句が出ないあたり、目の前の部室の凄惨《せいさん》さが際立つ。

きっと今頃、部室の中でドバン先生はたくさんの生徒の対応に追われているだろう。

「ドバン先生には申し訳ないが……俺達が対応するだけ無駄だからな！　ヘラさんがいることがバレないうちに俺達のホームグラウンドに逃げようか！」

バージ先輩が先陣を切り、なるべく人の通らない場所を通って修練場に向かう。

その途中で、前回行った修練場のルートとはあまりにも違うことに気付き、俺は思わず質問する。

「もしかして第零修練場に行っているんですか？」

「おっ、新入生なのによく知っているな。そうだ！　俺達武術部の先輩が必死にお金を集めて修繕した、最新鋭の修練場だぞ。だから武術部の間ではホームグラウンドと呼んでいる！」

「いや、それ言ってるのアンタだけでしょ……まぁ校舎からあまりにも遠いのが難点だけどね？　今日に限ってはバレにくいから良いでしょ？」

「そうですね。さすが先輩方」

「先輩……なんて甘美な響きなんだぁ……私、卒業してもこの部活に残りたい……！」

「……むぅ……」

アイリーン先輩が嬉しそうにだらしなく笑うと、横でヘラが小さく頬を膨らませてジト目で俺を見ていた。

ものすごく可愛いけどどうしたんだ？　ヤキモチ……は無いだろうから、俺が軟派な人に見えたのかな？

俺が軽く傷ついていると、森の木々に隠れるように建ったドーム型の建物を見つける。

「着いたぞ！　さぁお互い着替えたら早速バトルだ！」

そう言って俺の腕を掴んで男子更衣室へと走るバージ先輩に俺も更衣室へと半ば無理矢理連れて行かれ、超高速で着替えた。

◇◇◇
「うむ！　よく似合っているじゃないか！」

「そうですかね？　ありがとうございます」

空手の道着のような服に着替えた俺達は、先に第零修練場の武舞台に上がっていた。

ちなみにバージ先輩は道着に着替えたせいでとんでもなく太い腕や硬そうな胸の筋肉が晒《さら》されていた。

さ、さすが武術部部長……とんでもない身体してんな。

それにしても……相変わらず第零修練場は簡素だよな。

第零修練場の中には、最新鋭と言っていた割にたった一つの武舞台しかなく、他の修練場とは違って観客席も存在しない。

天井にも小中学校の体育館の天井にあるライトみたいな照明がついているだけだ。

しかし――――それはあくまで見た目のみ。

まず武舞台は上級精霊の攻撃でも傷一つ付かない硬度を誇り、さらには自動修復の魔法が設置されている。

また、空調を完璧に制御する魔道具も設置され、自分の癖や悪いところを見つめ直したりする際に使われる戦闘の様子を録画する魔道具も至る所に設置されている。

「お待たせー！　いやぁーごめんね？　ヘラさんに道着の着方を教えてたら時間かかっちゃった」

「ごめんなさい、少し遅れました」

俺が第零修練場の設備について思い出していると……アイリーン先輩さんとヘラがやってきた。

――――空手の道着のような服に身を包んで。

しかもそれだけでなく、ヘラが髪を後ろで結んでおり……俗に言うポニーテールになっていた。

か、かっこかわいい……!!

やばい、ゲームでも見たことないヘラが目の前に……ここは天国かな。

「それじゃあ始めようか！　チームは俺とリーン、ヘラさんとシンでいいか？」

俺がヘラの天才的な姿に一人でテンションを上げていると、バージ先輩が言う。

「大丈夫です」

「同じく大丈夫です」

ヘラはいつも通りの無表情で、俺は死ぬほど緊張しながら返事をする。

何となくこんなチーム分けになるとは分かっていたが……分かっていても緊張するのには変わらない。

「よろしくねシン君。頼りにしてるわ」

任せてください我が推しよ。俺が必ずこの試合の陰の立役者になって見せますから。

──なんて俺は言えるわけもなく、頻《しき》りに首を縦に振るばかり。

それだけでも感情の読めるヘラなら伝わるだろう。

「それじゃあ──始めようか」

バージ先輩もアイリーン先輩もいつもの雰囲気は鳴りを潜め、凍《い》てつくほどの殺気を纏う。

それに倣《なら》って俺達も即座に戦闘態勢に入る。

「魔法は禁止、相手が降参と言ったらすぐにやめること。それだけがルールだ」

「「はい」」

「とりあえず初手は二人に譲ろう。いつでもかかってこい！」

バージ先輩の言葉とほぼ同時に、俺達は地を蹴って強襲した。

先に攻撃を仕掛けたのはヘラだった。

「ふっ──」

短く息を吐いたあと、アイリーン先輩目掛けて強烈かつ華麗な跳び蹴りを放った。

その鮮やかな蹴りに見惚《みと》れていたアイリーン先輩だったが、即座に慣れた素振りで回避して、ヘラ目掛けて反撃気味のフックを繰り出す。

そんなアイリーン先輩のフックを――――二人の間に割り込んだ俺が、振り上げた足でガードする。

アイリーン先輩のフックは足で受けたにもかかわらず、思わず声が漏れてしまいそうになるほどの重みがあった。

「ぐ……」

「よく止めたね……武術の心得が元々あるの？」

「全部独学ですよ……っ！」

俺は片脚で地面を軽く蹴ると、空中で回転して上段蹴りをアイリーン先輩に仕掛ける。

しかしそんなアイリーン先輩を守るようにバージ先輩が片手で俺の蹴りを受け止めた。

「俺を無視するのはひどくないか？」

「すいませんバージ先輩。へ、ヘラが危なかったので……」

「ならこれからは俺とやろうか！」

「ごめんなさい。今回はあくまで二対二なので」

俺はバージ先輩の猛攻を、持ち前のフィジカルと視力でギリギリで避ける。

ガードなんてすれば間違いなくその部分は使い物にならなくなるのは目に見えていた。

「っ……威力高すぎです……！　どうしてそんなに威力出るんですか……⁉」

俺はバージ先輩の低い蹴りをジャンプして避けながら、空中で体勢を整えて一旦距離を置く。

ふとヘラの方を見れば、俺達と同じく距離を取っていた。

「シン君、悪いけど一人じゃ勝てそうにないわ」

ヘラが二人に鋭い視線を向けながら少し申し訳なさそうに言う。

俺はヘラの口から出たネガティブな言葉に驚いてしまった。

まさかヘラが勝てないって断言するなんてな……確かにバージ先輩よりもフィジカルは俺が圧倒的に上なのに、反撃もできず防戦一方だしな。

もしかして……二人ってめちゃくちゃ強い？

「すごいな！　新入生がこれほどの実力とは！」

「いやすごいなじゃないよ！　私、普通に負けそうなくらいヘラさん強いんだけど⁉　これでも武術の腕は天才って呼ばれてたはずなんだけどさ！」

「それは俺もだぞ？　なのに俺の攻撃をシンはほとんど全て避けていたんだ。末恐ろしいとはこういうことだな！」

どうやらアイリーン先輩もバージ先輩も武術の天才らしい。

どうりでアイリーン先輩は俺よりも筋力もガタイもないはずなのにあれほどの力強くて重い一撃を放てるわけだ。

それにバージ先輩もフィジカルお化けの俺が避けるのが限界な理由が少し分かる気がする。

この二人を相手に魔力無しはだいぶキツい。

それはヘラも思ったのか、俺に訊《き》いてくる。

「シン君、どうする？」

「……ヘラは自由に動いてくれて大丈夫。俺が全部カバーするから」

「大丈夫？　私、誰かと合わせたことないから無茶苦茶だと思うわよ？」

「全然大丈夫。任せて」

俺はヘラの言葉に自信を持って頷く。

何せ、何十、何百、何千とヘラの戦闘シーンは見てきたし、ファンブックでどういった戦い方を好むのかまでしっかりと予習済みだからである。

それに、仮に彼女が邪神と契約したとしても救い出す方法を、原作の攻撃パターンを元にすでに何個かシミュレーション済み。

抜かりは無い。

「作戦タイムは終わったか⁉　これからは少し強めにいくぞ！」

「私も本気出さないと負けそうだから本気出すよー‼」

二人がそう言った途端――――ヘラが二人目掛けて駆け出した。

それに続いて俺も走る。

「ふっ――――!!」

ヘラが短く息を吐いた後、地面を強く蹴って空中に跳び、踵落《かかと》としをアイリーン先輩目掛けて繰り出す。

そこで俺は――――。

「すみません先輩方」

「わっわわわ!?」

「ぐ……!」

ヘラの攻撃が確実に当たるように、アイリーン先輩が上空を見上げた瞬間に足払いで体勢を崩させ、さらには地面に片手をついたまま、バージ先輩に全力で蹴りを放つ。

これによりヘラの攻撃を防ぐことも邪魔することも不可能。

「はぁあああああ!!」

「きゃぁあああああああ!?」

「リーン!!」

無理な体勢でヘラの踵落としを受け止めたアイリーン先輩が、悲鳴を上げながら弾《はじ》き飛ばされる。

しかしすぐに体勢を立て直していたバージ先輩が、空中にいるヘラ目掛けて拳を振るおうと跳躍していた。

「――――俺のこと、忘れてませんか?」

「っ⁉」

俺はバージ先輩とヘラの間に入り、驚きで減衰した拳を全力の拳で迎え撃つ。

今の俺ではバージ先輩の拳を受け切ることは不可能だが、驚きで体勢を崩したバージ先輩の拳ならば受け止め切れる。

俺達の拳がぶつかり合い、『ドンッ！』という衝撃音と共にどちらも吹き飛ばされる。

「――――ヘラ‼」

「素晴らしいアシストね！　はぁああああああああ‼」

「ぐっ……リーンッ‼」

「ちょっとヤバいんですけどおおおおお⁉」

俺とバージ先輩と入れ替わるようにヘラとアイリーン先輩の蹴りが空中でぶつかり合う。そしてこの押し合いに勝ったのは――――。

「はぁあああああああ‼」

「ちょっとムリ――――‼」

「お、お前こっち来んなって――――ぐはっ⁉」

――――ヘラだった。

ヘラの蹴りはアイリーン先輩を正確にバージ先輩へと蹴り飛ばし、二人はもつれて地面へと派手な衝撃音を響かせて墜落。

俺は素早く地面に着地すると、二人が墜落した所に向かい、二人の喉元に手刀を添える。

「これで俺達の勝ちですね？」

「……そうだな。今回は二人の勝ちだ」

「こうさーん。私も足痛いからもう無理ー」

俺は二人が潔《いさぎよ》く負けを認めたので、首元から手刀を離し――――た瞬間、俺の体に衝撃が走った。

頭がパニックになる中、ふと背中にやけに柔らかくて温かい何かが押し付けられていることに気付き……恐る恐る後ろを振り向くと――――

「――――勝ったわっ！　私、初めて誰かと共闘して楽しいと思えたわ！　ありがとうシン君！」

「――――っ！？！？」

ヘラが珍しくテンションを上げて、何と、俺に抱きついていたのだ。

子どものように天真爛漫《てんしんらんまん》な笑みを浮かべて、きゃっきゃっとはしゃいでいる姿は大変眼福で可愛いのだが――――。

「シン君！　シンく――――」

「ヘラさん！　シン君はもうすでに気絶してるよ!!」

「ええ!?」

――――推しが俺に抱きついているという事実に俺の脳が耐えきれず、人生二度目の尊死を体験することとなった。

◇◇◇

武術部入部から二週間後。

俺達一年生は、全員が試験を受けた第一修練場へと集まっていた。

この二週間は、思った以上に平穏な日々を過ごせており、最初ほど教室に生徒が押し寄せてくることはない。

まぁその代わり、毎日部室には人が押し寄せており、日に日にドバン先生の顔に疲れが見え始めているが。

「────どうしたんだい？　そんなに緊張して」

「……いや、少しな。序列戦が心配なんだよ……」

「ああ……確かに心配だね。最初の騒動は序列戦だもんね」

緊張で顔が強張《こわば》る俺にアーサーが訊いてくるが、理由を聞いて俺と同じように少し緊張に表情を強張らせた。

そう────アーサーの言う通り、この序列戦で最初の騒動が起こる。

序列戦は名前の通り序列を決める戦いで、ルール自体は対戦相手が生徒に代わるだけで入学試験の実技試験と大して変わらない。

ストーリーでは、ヘラが序列戦で一位を獲得するのだが、その最終戦の前に、反ドラゴンスレイ家の勢力が学園を襲う。

理由は全生徒と教師が第一修練場に集まるため、学園の他の校舎はもぬけの殻だからだ。

反ドラゴンスレイ家の勢力は、今後主人公の敵として出てくる邪神信仰者達によって操られている。

そんな邪神信仰者達の狙いは、校舎の地下に保管されている精霊石と呼ばれる世界に一個しか無い貴重なアイテムだ。

それは強制的に神霊を召喚、契約をすることができる過去の遺産で、誰もが喉から手が出るほど欲しがる代物である。

そんな精霊石を盗もうと侵入した反ドラゴンスレイ家の精鋭達は、途中で精霊達の導きで現れた主人公に見つかってしまい、主人公が、先生が来るまで耐える、というストーリーなのだが――――。

「あのカイが来る気がしないんだよな……」

「……確かに。それに、今のカイなら決勝まで来そうだよね」

おそらく、と言うか十中八九来ないだろうな。なぜなら、そのストーリーを受けなくても主人公にはーミリもダメージがないからだ。

しかし、ヘラにはダメージがある。

今回の襲撃は精霊石だけでなく、邪神信仰者達の仲間を探す場でもあるため、この時にヘラが目を付けられるのだ。

だからここでそのフラグをへし折っておけば、邪神契約者となる確率がグッと減ると考えている。

「――――頑張らないとな」

『儂の出番もあるかのう？』

最近はあまり話していなかった爺さんが、少し楽しそうな声色で訊いてくる。

どうやらずっと固有精霊界にいるせいで退屈しているようだ。

『安心しろ爺さん。今回は爺さんの力も借りるから』

『本当か!?　それは腕が鳴るのじゃ！』

そう――――爺さんがいなければ絶対に勝てない相手もいることだしな。

この時期では俗に言う、負け確の相手がな。

「シン、もう始まるよ。早く並ばないと」

「分かった。すぐに行く」

俺がクラスの下へ走っていると――――。

「――――それでは第一学年の序列決定戦開幕です!!」

先輩の女子生徒の合図と共に、この鬱ゲー世界で最初の関門である序列戦が始まった。

◇◇◇

「────やっと見つけたわよ、シン君」

「へ、ヘラ!?」

俺は自分の番が来るまで人気《ひとけ》のない森の中にあるベンチに座っていたのだが……何とこんな誰も知らないような所に、普段とは口調の変わったヘラが来たのだ。

それも見た感じ金魚のフンのような奴らもいない。

俺は驚きのあまりベンチから立ち上がって呆然としてしまった。

「ど、どうしてここに……？」

「試合の前に少しシン君と話したくなって。でもシン君の姿がないから……色々と捜してたのよ」

少し時間が掛かったからすぐに戻らないといけないのだけれどね、と言って、頬を掻きながら苦笑するヘラ。

か、かわぇぇぇ……なんだよこの可愛い生き物は……！

俺を捜していただと？

推しが俺を捜していただと……？

これ……夢か？

俺はまだベッドの中でスヤスヤと気持ちよく寝ているのか？

俺はあまりにも現実離れしたシチュエーションに、自分が寝ているのかと思い何度も頬を引っ張ったりしてみる。

しかし、ちゃんと痛いので、夢じゃないようだ。

「……どうして俺を捜して……？」

「えっと……友達なんてできたことなかったから、応援をしてほしかったのだけれど……ダメ？」

俺よりも少し背の低いヘラは、恥ずかしそうに頬を若干染め、少しだけ上目遣いで俺を見上げる。

そんなヘラに一瞬にして数回尊死と蘇生《そせい》を繰り返した後、うるさいくらい高鳴る心臓を抑えて口を開いた。

「が、頑張って、ヘラ……！」

「ありがとうシン君……！　私、絶対に優勝して序列一位になってみせるから」

嬉しそうに微笑んだヘラは、俺にお礼と決意を口にして小走りで会場へ戻って行った。

一人残された俺は、力が抜けたようにベンチにもたれかかり……火が吹き出そうなほど真っ赤になった顔を手で覆った。

「……それはズルすぎるって……」

◇◇◇

「少し恥ずかしかったわ……でも、それ以上に嬉しい……」

ヘラは先ほどシンに言ってもらった言葉を反芻《はんすう》しながら緩みそうになる頬を意識して抑え、努めて普段通りの表情で武舞台に上がる。

初めて友達に応援されたという嬉しさに、普段は気になる他からの無数の視線が、今だけは全く気にならず……ヘラの集中力は過去最高レベルにまで達していた。

「それではヘラ・ドラゴンスレイvs.アリアの対戦を始めます！」

極限の集中力に達したヘラは、手渡された序列戦用に刃を潰された模擬剣を手にした瞬間――浮かれる心は消え、スッと戦いに意識を切り替えた。

対するヘラの対戦相手であり、この世界のメインヒロインの一人であるアリアは……露骨にヘラに憎悪の感情を示して睨む。

「貴女がヘラね……！　私のカイの視線を奪うとか万死に値するわ!!」

（誰かしらこのうるさい人は。見た感じそこそこ強そうだけれど……私、彼女の癇《かん》に障《さわ》ることでもしたかしら？　カイって人もあまり興味ないから目に入れていないのだけれど……）

ヘラ自身に全く恨まれることをした覚えがなく、不思議そうに首を傾げる。

ただ、無自覚な様子のヘラにアリアはさらに顔を歪める。

そんな険悪な二人の雰囲気に気づいた審判は急いで開始のゴングを鳴らした。

瞬間――――ヘラとアリアの身体から魔力が噴き上がる。

白銀の魔力がヘラを包み、真紅の魔力がアリアを包む。

「へぇ……なかなかの魔力じゃない。まぁカイの視線を奪うくらいの奴が雑魚なんてありえないわよね」

「そう。別に貴女の評価などどうでもいいわ」

会話をする気もない冷酷なヘラの言葉に、アリアはギリッと歯を食いしばる。

「あまり――――調子に乗るんじゃないわよ!!」

アリアが吠《ほ》えると同時に――――地を蹴った。

銃声のような爆発音が響き渡る。

全身に身体強化を施したアリアが、弾丸のように空気を切り裂いてヘラの背後に移動する。

「くたばりなさい!!」

力強く振るわれる模擬剣。

しかし――――。

「────わざわざ声に出して自らの場所を示すなんて……馬鹿なのかしら？」

アリアの斬撃をヘラはあっさりと受け止める。

「なっ……!?」

「はぁ……まぁこの程度よね。というかシン君と先輩方が強すぎるのよ」

ヘラはアリアの隙だらけな身体捌《さば》きに落胆し、強すぎる武術部の先輩二人とシンのことを思い出して苦笑する。

まるで自分はいないモノとして扱われたアリアは、屈辱と怒りで顔を真っ赤にして押し込もうと力を籠める。

しかし、アリアがどれだけ剣に力を籠めようと、ヘラの剣はビクとも動かなかった。

「な、何で動かないのよ……!! この────」

「────もういいわ。これ以上の貴女との戦いは、無意味ね」

ヘラはふっと力を抜いてアリアの刃を滑らせ、力を流す。

突然力を抜かれ、体勢を崩したアリアの背後に一瞬で回る。

突然ヘラの姿が目の前から消えたことにアリアは動揺する。

そんなアリアを冷たい目で見下ろしながら────模擬剣の柄《つか》で首を打ち、気絶させた。

力を失って魔力を霧散させながら地に伏せるアリア。

ヘラは冷酷な瞳でアリアを数秒見つめたあと……そっと視線を切って審判に話しかけた。

「────審判」

「あ、し、しょ、勝者────ヘラ・ドラゴンスレイ!!」

唖然《あぜん》としていた審判は、ヘラに呼ばれて意識を取り戻し、つっかえながらも即座に終了の号令を掛ける。

歓声は上がらない。

観客の生徒も教師も、誰もが目の前の圧倒的な力を前に呆然としている。

しかし周りのことなど微塵も気にしていないヘラは、審判に背を向けて再びシンがいるであろうベンチへと、勝利したことを報告しに向かった。

「シン君はちゃんと試合を見ていてくれたかしら？　あ、アドバイスをもらうというのもいいわね」

その足取りはとても軽かった。

◇◇◇

「────次の試合は、先ほど圧倒的な力を見せつけて勝ち進んだヘラ・ドラゴンスレイと同じ部活に同学年で唯一所属するシンvs.実技試験七位であり、現生徒会副会長の弟でもあるアーサー・ウィンドストームです!!」

司会の女子生徒の紹介と共に俺とアーサーは武舞台に上がった。

途端に歓声が起きるが、当たり前だがアーサーの方が多い……というよりアーサーへの歓声しかない気がする。

ちなみにヘラは次の試合に出場するので、今頃控え室で準備をしている頃だろう。

少し前に『シン君も頑張ってね』との神託を受け取ったが、今回だけはどうしてもここで負けなければ間に合わないので、ヘラの期待には応えられそうにない。

今までの計画を全て練り直そうかと本気で迷うほどの苦渋の決断だったが。

「それでは――――試合開始!!」

審判の開始の合図と共に、お互いの魔力がお互いの身体を包み込む。

次の瞬間――――俺とアーサーは同時に攻め込み、俺の剣とアーサーの剣がぶつかり合い、激しく火花が散った。

俺は押し込まれないように力を籠めながら、小さく呟く。

「アーサー、作戦通りにな」

「本当に負けるのかい？　ここで負ければ序列はだいぶ下になるけど……」

アーサーが心配そうに眉を下げながら最終確認的なことを聞いてくる。

しかし、ヘラが守れるのであれば俺の序列など最下位でもいい。

「問題ない。それに……誰だって、無名の俺がアーサーに負けるのはしょうがないという見方になるだろうからな。それなりにいい試合をしておけば退学になりそうな順位にはならないはずだ」

「そうか……分かったよ。じゃあシンがわざと作る隙を狙って精霊で攻撃すればいいんだね？」

「ああ。あとは俺が上手い感じにやられる」

俺は全身にさらに魔力を籠めて身体能力を強化。

渾身《こんしん》の力を込めて剣を振るい、膠着《こうちゃく》状態だったアーサーを吹き飛ばす。

宙に舞ったアーサーは空中で一回転して着地。

同時――グッと足を曲げた。

一瞬の溜めの後――地面を蹴って再び接近してくる。

「まだまだこれからだよ……！」

「くっ……!?」

頭上から振り下ろされる剣を反射的に受け止めるも……思った以上に力が強く、思わず呻《うめ》き声が漏れる。

しかし――まだ倒れるところではない。

「ぁぁぁぁあああああッッ!!」

咆哮《ほうこう》と共に地面を踏み締め、弾き返す。

「今度はこっちの番だ……!!」

俺は姿勢を低くした状態で地面を蹴り――――一気に加速。

踏み締めた地面が陥没して『ドンッ!!』という爆発音が響いた。

「なっ……!?」

一瞬で懐への侵入を許したアーサーが驚愕に目を見開いた。

俺はわずかに笑みを浮かべたあと、驚愕するアーサーの懐で剣を薙ぐ。

「か、風よ――――!!」

しかし――――剣がアーサーの身体に触れる前に風がアーサーを守る。

同時に俺は突風に体を持っていかれた。

「ぐぉ……!!」

よし……さすがにだいぶ健闘したと思われただろ。

吹き飛ばされた俺は、一回転して着地――――眼前に迫る剣に剣を捻じ込ませた。

入らなかったと分かったアーサーは素早く身を引くと、再び接近してきて袈裟《けさ》斬《ぎ》りを繰り出してくる。

俺はそれをギリギリのところで自身の身体とアーサーの剣の間に剣を捩じ込ませて咄嗟にガードする。しかし急拵《きゅうごしら》えだったせいか、上手くガードできずに吹き飛ばされてしまった。

「いいぞ……これなら絶対に審判にもバレないだろうな」

先ほどから、俺は手を抜いているのがバレないように何度か身体強化を発動させているのだが……

俺の予想以上にアーサーの戦い方が上手いため、お互い一進一退の良い具合に接戦を繰り広げることができていた。

これは完全に嬉しい誤算だ。

ただ、俺はあたかも窮地に立たされたかのような表情を作って精霊を召喚する。

「来てくれ――フルミニス!!」

俺の目の前に小さな光の玉が現れ、武舞台が雷電に覆われる。

しかし、アーサーは特に驚きもせず……余裕そうな笑みを崩さなかった。

「そっちが召喚するなら僕も精霊を召喚しようかな。――シルフィード」

アーサーが上級精霊であるシルフィードを召喚すると、お互いの属性相性が良いためか、雷電に風が融合し、強烈な風に乗って雷が走る。

「そろそろトドメといこうかな！」

「望むところだ……！」

雷電が空気中を奔《ほとばし》り、風が武舞台を削るなか、俺達はお互いに目配せすると――同時に魔法を発動した。

「――《迅雷》ッ!!」

「――《風龍》ッ!!」

お互いの魔法がぶつかり合い、複数の雷電と風の龍が武舞台を包み込んだ。

◇◇◇

『――いい加減に起きるんじゃ!!』

「――はっ!?　こ、ここは……!」

俺は爺さんの怒鳴り声で目を覚まし、辺りに視線を巡らせる。

『ここは休養室じゃ。お主……自分の身体を少々強く痛めつけすぎではないのかのう？』

「痛てて……しょうがないだろ？　気絶するにはこの方法しかなかったんだよ」

俺はアーサーの魔法が当たる瞬間に、自らの身体に魔法を放って意図的に気絶を図った。

その結果は……このように大成功だ。

すでに身体は普段通りに動くし、思った以上に魔力も有り余っている。

これほどのコンディションであれば、これから始まる本当の戦いにも負けることはないだろう。

俺が身体の状態を確かめていると、爺さんが揶揄うような声色でとんでもないことを言ってきた。

『それにしてもお主……まさかあれほどの女子《おなご》と手を繋《つな》ぐ関係にまで発展していたとはのう……さすがの儂もびっくりじゃ』

「て、手を繋ぐ!? いつどこで誰が誰と!?」

『そんなのお主とヘラとかいう女子に決まっておろう。この部屋に駆け込んできた女子が心配そうにお主の手を握っておったぞ？』

「へ、ヘラが俺の手を握った……？ そんな馬鹿な……」

しかしこんなでまかせを言っても爺さんが得することなど何もない。

なら本当にヘラが俺の手を……？

「…………めちゃくちゃやる気出てきた」

俺は興奮からバッチリと目が覚め、勢いよくベッドから起き上がると、病衣から自分の制服に着替えて窓から外に飛び出す。

四階から飛び降りて綺麗に着地すると、そのまま止まることなく全速力で校舎へと向かった。

◇◇◇

「――――こちらA班侵入成功《クリア》です」

『こちらB班。同じく侵入成功です』

『こちらC班――――』

邪神教の学園潜入第一部隊のA班の班長であり、今回の作戦の指揮を担当するアーロンは、C班の連絡が途中で切れたことを不審に思い、眉を顰《ひそ》めた。

アーロンが定時連絡をし始めてから突然固まったため、同じ班のフューが不思議そうに尋ねる。

「どうしたんですか班長？　何か問題でも？」

「……突然C班の反応がなくなりました」

「「「「!?」」」」

アーロンの言葉にA班の班員全員が驚いたように瞠目した。

なぜなら、今までここ以上に警備の固い場へ何度も侵入してきた彼らにとって、連絡が取れなくなることなど一度もなかったからだ。

不測の事態に混乱を極めた場に、さらなる混乱が巻き起こる。

それの始まりはB班からの無線の着信。

先ほどのことがあったため、すぐに着信に出たアーロンだったが――――無線から流れてきたのは仲間達の悲鳴だった。

『こちらB班！　至急応答願う！　この学園には化け――――ぐはっ!?』

無線で状況を知らせようとした班員も殺されたのか突如反応がなくなり、先ほどまでうるさかった無線の向こうにはいつの間にか静寂が漂っていた。

アーロンはこれ以上は無駄だと無線を切る。

しかし――――無線を切ったあとで、アーロンの長年の勘が何かおかしいと告げていた。

アーロンは自身の勘に従い、即座に班員達に指示を送る。

「皆、その場を動かず辺りを警戒してください！　決して離れすぎないように！　一定の間隔を保つのです！」

「「「「了解！」」」」

アーロンは班員に指示を出したあと、自身も魔法を使って辺りを捜索する。

するとわずか数秒で――――ふところへ向かってくる者を感知した。

気配は一人、歩幅からして教師ではなく男子生徒だと断定。

即座に殺すのではなく捕えて記憶改変することを決め、班員にジェスチャーで生徒を囲むように指示すると、アーロンはこの学園の教師であるルージュに化けて生徒の前に姿を現した。

「――――こんなところで何をしているのですか？」

「あ、お久しぶりですね、ルージュ先生」

アーロンの目の前に現れたのは、少しイケメンだがそれ以外にこれと言って特徴のない黒目黒髪の男子生徒。

しかしあらかじめ記憶していた生徒の中に彼の顔は見当たらず、即座に目の前の生徒が実技一〇〇位圏外の生徒と断定。

目の前の生徒は我々の脅威ではないとわずかに気を抜いた――その瞬間。

「――いや、アーロンと呼んだ方がいいか？」

「っ⁉」

口調も雰囲気も変貌させたシンが、誰にも話していないはずの自身の名前を呼ぶ。

突然のことに驚きに固まるアーロンだったが、即座に動揺を抑え、迂闊に出て来ないように全班員に命令してから襲い掛かる。

「――すみませんが少し眠っていてもらいます」

「――悪いが眠るのはお前だ。永遠の眠りに、だがな」

その言葉が聞こえた数瞬後。

自身の目に、首から上を無くし、血を噴き出している自身の身体が映った。

同時に自身の首が斬られたことを理解する。

（な、何が起こった……⁉　確かに私は奴の後ろに回って……そしてその後……）

わけが分からず困惑を極めたアーロンの耳に、シンの言葉が聞こえてきた。

「――お前ら邪神教には、ヘラに指一本触れさせせねぇぞ」

シンが全身に雷電を纏い、髪も瞳も真っ白に染めて辺りを冷たい目で見遣《みや》る。

さらにはその後ろには、自身が苦労して契約した邪神が恐怖するほどの異次元の威圧感と、シンをも超える雷電を纏ったムキムキの老人のような姿の精霊が顕現していた。

その姿を見たアーロンは、やっと理解する。

（ああ……私達は敵に回してはならない者を敵に回していたのか……）

そのまま地面に頭が落ちる時にはすでにアーロンの意識は無くなっていた。

◇◇◇

「────ふぅ……ひとまず片付いたな……」

『儂はまだまだ動き足りんぞ。もっと骨のある者はいないのかのう……』

俺は全身に纏った雷電を霧散させ、地面に腰を下ろす。

爺さんはまだまだ暴れ足りないようだが、俺は人間を殺すという前世からの禁忌感に苛まれて相当な精神的疲労を感じている。

しかしこの程度で怯《ひる》んでいては、この後に来る第二陣を殲滅《せんめつ》することなど不可能などころか、これからさらに訪れる困難にも打ち勝つことはできないだろう。

『そう言えば……どうしてこれほど音を立てているのに誰も来ないんじゃ？　この校舎には何も施されていないようじゃが……』

「ああ、こっちには何もされてないぞ。されているのは第一修練場だけだ」

第一修練場一帯には、《魔力遮断》、《音遮断》、《偽造画像》、《隠蔽》の術式が施されたそこそこ強い結界が張られている。

しかもタチの悪いことに、この結界を張っているのは邪神教ではなくその邪神教と手を組んでいる学園長。

おそらく教師には魔法が外に出るのを防ぐためとか言って誤魔化《ごまか》しているのだろうが……まぁ俺が証拠人を何人か捕まえれば、余裕で牢獄直行だろう。

本来はもっと早く対処したかったのだが、ずっと学園長はどこかに行っていた為に手を出せなかった。

それに余計な混乱を招くくらいなら、俺一人で対処した方が圧倒的にマシだ。

「――――よしっ！」

俺は自分の頬を叩いて活を入れ、勢い良く立ち上がる。

とりあえず第一部隊は何とかなったが、第二部隊……信徒のなかでも上位に位置する大司教を隊長とした本隊が相手では、こう上手くはいかないだろう。

今のうちに気合を入れておかないとな。

そんなことをしているうちに――――爺さんが何かに気付いたように口を開いた。

『む……一〇人くらいがこの学園に入ってきたぞ？　それも一人そこそこ強い気配を放っておるのう』

「……っ、ついにお出ましか……奴らはどこに現れた？」

『……上空じゃな。今は屋上に全員おるぞ』

「よし、ナイスだ爺さん」

いちいち階段を使っていくのは時間の無駄なので、廊下の窓から外に飛び出し、全身に身体強化を施して壁を駆け登る。

すると――――上空に滞空しているグリフォンを発見。

「堕《お》ちろ――――《迅雷》」

俺の手から放たれた雷が雷鳴を轟かせながら空を疾《はし》る。

一瞬にしてグリフォンに到達した雷が、派手な爆発音を響かせてグリフォンの腹に風穴を開けた。

「グルァア――――!!」

「な、何だ……!?」

「お、落ちる――――ぁ」

一瞬で絶命したグリフォンはまだ乗っていた数人の邪神教徒を巻き添えにして地面に墜落。

肉が潰れる音が辺りに響き渡り、思わず俺は顔を顰《しか》めるが、すぐに気持ちを入れ替えて屋上へと降り立つ。

「ふぅ……思った以上にグロいな」

正直R－18のグロゲーとこのゲームをやってなかったら間違いなく吐いていた自信がある。

俺は頭がおかしくなるくらいこのゲームをプレイした前世の俺に感謝しながら、目の前で驚愕に固まる見た目はゼウスの爺さんより老《ふ》けている大司教と、付き従う信徒達と対峙《たいじ》する。

「……っ、き、貴様……何者だ……？　ここには先に入った部隊――――ま、まさか!?」

「そのまさかだな。お前らがよこした第一部隊は俺が全員殺した」

本当は学園長への証人とするために何人かは生かしているが、わざわざ言ってやる必要もない。

俺の言葉を聞いた大司教は、怒りに顔を真っ赤に染めて俺を指差しながら怒鳴るように叫んだ。

「――――こ、このガキを殺せ！　邪神様にコイツの魂を捧《ささ》げるのだ！」

「「「「「全ては邪神様の御心のままに」」」」」

大司教の前に躍り出た信徒達は、一斉に各々の邪神を顕現させ、辺りに不快な魔力を垂れ流す。

……相変わらず不快な魔力だな……これを纏う奴の気が知れんな。

まぁとにかく、とっとと倒すとしよう。

現時点で顕現している邪神の中で、あの森で対峙した邪神よりも強い奴はいないので、これなら余裕だろう。

「いくぞ――――爺さん」

『任せるのじゃ。邪神は儂が滅ぼしてやるわい』

俺は再び爺さんを顕現させて、自身も全身に雷電を纏う。

スパークが弾け、『バチバチッ!!』と音が鳴る。

ただ――――この程度まだまだ序の口。

爺さんが顕現した瞬間――――上空を雷を伴った巨大な雷雲が包み込む。

荒々しい雷が雷鳴を轟かせて落ち――――地面にクレーターを作る。

「ひっ――――な、何だこの精霊は……!?」

「じゃ、邪神が恐怖している……!?」

「や、やめ――――ガハッ!?」

「――――もう遅い」

俺はバチッと火花を散らしながら一瞬で信徒の懐に入ると、慈悲なく一撃でその命を奪う。

さらにそのままの流れで新たな信徒に蹴りを入れようとすると……邪神が邪魔をしようと殺到する。

しかし――――。

「爺さん」

『了解じゃ。――――ほれ、お主らの相手は儂じゃよ』

邪神と俺の間に雷が落ち、爺さんが何体もの邪神を鷲掴《わしづか》みにして野球のボールを投げるかのように上空へと投げ飛ばす。

そんな規格外の行動に、信徒も大司教も驚きに目を剥いた。

「し、シラス様！　あの精霊は一体何なのですか!?　最下級とはいえ邪神様がまるで子どものように弄《もてあそ》ばれてますよ!?」

「そんなのは見れば分かる！　考えたくもないが……あの精霊は間違いなく超越級以上の力があると見ていいだろう……」

超越級と聞いた信徒は、露骨に顔を顰める。

本当は神級なのだが……実力を低く見積もってくれた方が俺的には楽でいいか。

俺は雷火を辺りに撒き散らしながら、不敵な笑みを浮かべる。

「これで邪神に頼って戦えなくなったな？」

「ぐ……ガキのくせに……」

「――――落ち着け、我が信徒達よ」

混乱する信徒達を鎮めるように大司教であるシラスが先ほどの焦りはどこにいったのか分からないが、突然冷静になって口を開いた。

「アレはまだ邪神とはいえ最下級……いくらあのガキの精霊が超越級であったとしてもあの数を相手に相当手こずるだろう。つまり――――もう一体邪神を残している我らの勝ちということだ!!」

そう言った瞬間――――シラスの身体から瘴気《しょうき》が吹き出し、それが人型となって姿を現す。

顕現した邪神は、信徒が召喚した邪神とは格が違う威圧感を纏っていた。

『どうしたシラス……？　今日は呼ばないんじゃなかったのか……？』

「計画変更だ、ロキ。超越級精霊の契約者が現れた。奴を殺してくれ」

『ふむ……超越き――――ゴハッッ！？！？』

突如目の前の邪神に極大の雷が落ちる。

その威力は今の俺には出せないレベルで、誰がやったかなど一目瞭然。


『――――よく儂の前に現れることができたな――――ロキィイイイイイ!!』


激怒したゼウスが、いつの間にか邪神共を跡形もなく消滅させて邪神の前に現れた。

『ぜ、ゼウス!?　く、クソッ……今すぐ逃げなければ――――グハッ!?』

「ちょっと待てよ。お前と爺さんがどういった関係か知らないが……逃げるのはなしだろ？」

今度は俺が、こちらに背を向けるボロボロの邪神に雷の籠った蹴りをお見舞い。

モロに食らった邪神は面白いぐらいに吹き飛び――――。

『今度は逃がさんぞ――――《神雷》!!』

空を覆い尽くす雷神の怒りの一撃がロキを跡形もなく消滅させた。

その姿を確認したあとで、俺は呆然とする邪神教の奴らに目を向ける。

俺の視線に晒された奴らは、ビクッと体を震わせて後ずさる。

そんな奴らに俺は、雷を降らせながら笑みを浮かべた。

「さて……大司教以外は死んでもらおう」

「「「「や、やめ――――ぎゃああああああああああ!!」」」」

俺は悲鳴を上げる信徒に《雷轟》を発動させた。

◇◇◇

シンが信徒とドンパチしていた頃、ヘラは少し赤い顔で控え室でソワソワとしていた。

その理由は、これから決勝戦で、ヘラの相手が自身よりも魔力量も実技も上のカイだからではない。

もちろん緊張しているからでもない。

「恥ずかしくて飛び出しちゃったけど……シン君……大丈夫かしら？　結局私が出るまで目を覚まさなかったけど……」

原因は少し前のシンとアーサーの戦いにまで遡る。

『勝者――――アーサー・ウィンドストーム!!』

「あ、ああ……し、シン君……!」

映像化魔導具越しにシンとアーサーの戦いを見ていたヘラは、気絶したシンが映ると同時に勢いよく立ち上がり、椅子が倒れたことにも気付かないほどに焦りながら控え室を飛び出そうとした。

しかし、それを教師であるルージュが邪魔をする。

「ヘラ様、次の試合の選手はここから出てはいけません!」

「で、ですが……!」

「あんな平民など放っておいて、ヘラ様は試合に集中なさってください!」

ルーシュは、自分の言葉を聞いてわずかに瞠目し、黙り込んだヘラを見て……自らの説得が届いたのだとホッと安堵《あんど》のため息を吐く。

しかし、安堵したのも束の間。

「――――あんな、ではないわ」

「え……っ!?」

ルージュは、顔を上げたヘラの瞳を見て……言葉を失う。

自らに――――今まで見たことないほどの冷徹な瞳を向けていたのだ。

真紅の瞳とは対照的に、その瞳に宿るモノは……ひたすらに暗い。

「もちろんルージュ先生には分からないでしょう。平民を愚民だと見下す貴女には」

「っ⁉」

ルージュはヘラの言葉に顔を顰めると同時に、先日アーサーにも同じことを言われたことを思い出してさらに不快感で顔を歪めるが、ヘラの言葉は終わらない。

「別に貴女の考えを変えろと命令しているわけではありません。というか、貴女自体に私は全く興味がないので」

ヘラは、ルージュから感じる『取り入りたい』『気に入られて出世をしたい』という欲望の感情を見抜いていた。

彼女は自分の地位にあやかろうとする者には絶対興味を示さない。

だから彼女にとって、ルージュの存在などどうでもよかった。

ヘラは、手元にある模擬剣の切っ先をルージュに向ける。

「退《ど》きなさい。貴女に構っている時間はないの」

「し、しかし――」

「――退かないというなら……私は強引にでも出るわ」

その言葉と同時――ヘラは魔力を纏い始める。

さらに彼女の瞳に敵意が宿るのを、ルージュは見た。

そこまできたら、もうルージュにできることはない。

「……分かり、ました。試合まで、あと一〇分です」

「ありがとうございます、ルージュ先生」

ヘラはルージュの言葉を聞いた瞬間に剣を収めて控え室を飛び出す。

目指すのは、シンがいるであろう休養室。

ただ、幸運なことに……控え室から休養室までほとんど距離はなく、一〇秒足らずで休養室に辿り着いた。

「――――シン君!!」

ヘラは休養室の扉を開け……ベッドで眠るシンを見た瞬間絶句する。

回復魔道具で全身が淡い緑色に光りながらも、全身が焼かれたように爛《ただ》れ、鋭利なモノで切り裂かれたかのような無数の切り傷が残っていた。

(ひ、ひどい傷……まさか直撃したの……!?)

ヘラはシンの下へ駆け寄ると、唯一無傷だったシンの右手をぎゅっと握る。

「お願いよ、死なないで……貴方は私の初めての友達なの……!」

シンの手を胸に抱き、目をぎゅっと瞑《つぶ》って祈る。

そんなヘラに、何者かが話しかける。

「へ、ヘラ様……少し話があるのですが……」

シンの相手であり、今回の戦いの全貌を知っているアーサーだ。

アーサーはヘラのあまりのテンパった様子に、シンとの約束を破って全てを話そうとするが

――ヘラは、ゆっくりと目を開けると同時に、まるで親の仇《かたき》を見るようにアーサーを睨んだ。

ヘラの感情に呼応するように、わずかに魔力が漏れる。

「貴方と話すことはなにもないわ。シン君をこんな状態にさせた貴方は失せなさい。すぐ私に殺されたくないならね……！」

「く……わ、分かり、ました……」

ヘラから発せられる同じ超越級精霊契約者とは思えないほどの濃密で強大な殺気を一身に浴びたアーサーは、呻き声を上げながら、苦しそうに休養室を後にした。

シンとヘラだけとなった休養室に静寂が訪れる。

ヘラは心配そうにシンの手を握り締め、祈るように額に当てていた。

「シン君……」

『――何じゃお主は？』

「……っ、だ、誰!?」

ヘラは突如自身の耳元で声がしたため、シンを護るように立ち上がり辺りを警戒する。

しかしその声の主――ゼウスは、そんなヘラを落ち着かせるように優しい声色で再び話しかけた。

『落ち着くのじゃ。儂は怪しい者ではないぞい』

「な、なら名を名乗りなさいっ！」

『儂の名はゼウスじゃ。お主も聞いたことあるじゃろう？』

「……っ、確かに聞いたことがあるわ……でも本ではすでに一〇〇〇年以上も人前に現れていないと書いてあったわ……」

『ほう……その本はなかなかに正確な情報が書かれておるな。そうじゃな……こうすれば信じてもらえるかのう？』

瞬間――部屋が眩く光り輝き、ヘラは思わず目を瞑る。

しかしすぐに目を開けると――目の前には、青白い雷を纏い、雷の杖《つえ》を手にした白髪銀眼のムキムキのお爺さんが立っていた。

そしてヘラは、ゼウスの姿を見た瞬間に、彼から放たれる強烈な威圧感に圧倒され――目の前の精霊が紛れもなく神霊の一柱であるゼウスであることを理解する。

さらに自身の契約精霊である、超越級精霊バハムートが畏怖の念を目の前の精霊に抱いていることが何よりの証拠であった。

「……っ」

『おっ、久しぶりじゃな、バハムートよ。もうヤンチャはしておらぬか？』

『し、してな――していません……』

ヘラは、ドラゴンの王であり、誰よりも傲慢なバハムートがゼウスに敬語を使ったことに驚く。

ゼウスは、未だに警戒心を解かないヘラの姿に『ほっほっほっ』と笑いながら言った。

『ヘラ……さすがシンが熱烈に推していた女子じゃな。まさかバハムートを手懐《てなず》けておるとは』

「……っ、し、シン君が私について何か言っていたのですか⁉」

ヘラはまさかシンが自分のことを誰かに話しているとは思ってもみなかったため、思わず反射的にゼウスに訊いていた。

対するゼウスはというと……。

『何かではないわい……毎日毎日『ヘラは才能に溺れず努力ができる子なんだ』やら『ヘラはどんな人にも手を差し伸べられる優しい子なんだ』とかうるさいくらいじゃわい……』

「……っ〜〜⁉」

心底ウンザリとした表情で疲れ切ったかのように言った。

しかし、もはやヘラにはゼウスの顔など見えていなかった。

大切な友達であるシンが自分をどのように評価していたのかが分かり、さすがのヘラも羞恥《しゅうち》や照れなどの感情がごちゃ混ぜになり……顔を真っ赤にして声にならない悲鳴を上げながら悶《もだ》える。

（シン君は私のことをそんなふうに思ってくれていたのね……。それに皆が知らない、見てくれないところまで知ってくれてるなんて……！）

シンが自分のことをちゃんと見てくれていたことが分かり、ヘラはご満悦の様子で嬉しそうに頬を緩めた。

普通であれば結構怖いことを言われており、ドン引きしてしまうところだろうが――誰にも見

てもらえず、認めてもらえなかったヘラにとっては何よりも嬉しいことだった。

「シン君……」

ヘラは穏やかな顔で眠るシンの寝顔を眺めながら、小さく決意を口にする。

「私は、絶対に勝つわ。今回も、これからも。どんな相手だろうと絶対ね。だから……これからも私を見ていてね」

（さて、シン君の無事も確認できたことだし……そろそろ控え室に帰――ゼウス様？）

言いたいことも言えたと満足げにシンの手を離して立ち上がったヘラは、少し意外そうにこちらを眺めるゼウスの姿に首を傾げた。

「どうしたのですか、ゼウス様？」

『……お主ら、恋仲か何かなのか？』

「!? こ、恋仲……!? わ、私とシン君はそんな仲ではないですよ!? そ、それでは私はこれから試合がありますので、失礼します！」

完全に予想外の言葉を言われたヘラは、顔をほんのり朱色に染めながら、せわしない仕草で休養室を出て行った。

『……シンよ……お主、あの女子と両想いなんじゃないかのう……？』

ヘラのいなくなった休養室で、ゼウスは眠るシンに向けて、決して届かない言葉を溢《こぼ》した。

◇◇◇

「……あまりの恥ずかしさに逃げてしまったわ……まぁどのみちすぐに戻らなければならなかったのだけれど……」

ヘラは、未だ熱を持つ顔を冷まそうと手で扇《あお》ぎ、人目を気にしながら控え室に戻る。

顔の熱が収まる頃に控え室の前に着いたのだが……そこにはホッとしたような気まずそうな何とも言えない表情をしたルージュが立っていた。

「ルージュ先生」

「は、はいっ！　何でしょうかヘラ様!?」

ルージュはまさか話しかけられるとは思っていなかったのか、驚いた様子で少々つっかえながら返事をした。

しかしヘラは特に気にした様子はなく、素直に頭を下げた。

「脅すようなまねしてごめんなさい。あの時は気が気ではなかったんです」

「わ、私はヘラ様が間に合ってくださったので特に気にしていませんよ……」

「ありがとうございます」

ヘラは頭を上げたのち、控え室にある映像化魔導具に映し出された、圧倒的な力で相手を倒したカイの姿を眺める。

本人は誇らしそうに、自慢げな顔をしており、そんなカイの姿をヘラは嫌悪の表情で見ていたが、同時に安堵もしていた。

「……私の相手がアレで良かったわね……シン君が相手だったら間違いなく全力を出せなかったもの」

（それに――あのカイとかいうナルシストには、シン君がやられているから、私が仇を取らないといけないし）

丁度いいわ。とヘラは仇を取る気満々で気合いを入れ、控え室から武舞台へと向かった。

◇◇◇

「────いよいよ待ちに待った決勝戦！　さらに今期は歴代でも最高の素質を持った生徒同士の対決です！　早速出て来てもらいましょう！　まずは、平民ながら歴代最高の魔力値を叩き出し、これまでの戦いは全て三〇秒以内に決着をつけた期待の新入生────カイ!!」

司会であり、生徒会の一員でもある女子生徒の言葉と共にカイが意気揚々と登場し、観客席から歓声が上がる。

普段なら平民には歓声など上がることはないのだが、今までの圧倒的な戦いが功を奏し、歓声を上げられるまでになっていた。

「続きましてはこの国の名門、ドラゴンスレイ公爵家の神童にして、圧倒的な美貌と実力を兼ね備えた若き最強────ヘラ・ドラゴンスレイ!!」

紹介と共にヘラが現れ、観客席はさらに盛り上がる。

お互いに歴代最高の魔力値を叩き出した二人の戦いは誰もが注目しており、それは国の上層部も、他国の上層部ですらも注目していた。

ヘラが武舞台に上がると、先に上がっていたカイが自信に満ち溢れた姿で待っており、上がってきたヘラに親しげに話し出す。

しかしヘラは、カイが自分に向ける情欲をしっかりと感じ取っていた。

「見ろヘラよ……観客達が俺達を見ている……」

「そんなの当たり前じゃない。何言っているの？」

「……っ、随分と生意気な態度を取るんだな、ヘラ？　俺よりも弱いくせに？」

「別に貴方なんてどうでも良いわよ。ただ……貴方に負けたシン君の仇は取らせてもらうわ」

「…………」

シンの言葉が出た途端、カイは露骨に顔を顰める。

カイにとって、シンはこの世界で唯一全く意味の分からないデタラメな強さを持った人間であり、恐怖の対象であった。

そんな奴と手籠めにしようとしていたヘラに接点があると聞いて、恐怖が再燃し、苦々しい表情に変化してしまったのだ。

「……？　貴方は何を恐れているの？」

相手の感情が分かるヘラは、勝ったはずなのにシンを恐れるカイのことが意味不明だった。

しかし、ヘラにそのことを冷酷な瞳で見られながら指摘されたカイの怒りは、一瞬にして恐怖を呑み込み全身から魔力が噴き出す。

「……お前には少々教育が必要なようだな……？」

「貴方の教育は必要ないわ。むしろ貴方が教育を受けた方がいいのではないかしら？」

ヘラはカイの凄《すご》みに一切動じないどころか、馬鹿にするように逆に煽《あお》り返す。

そんな姿を目の当たりにしたカイは、怒りの限界を迎え、審判に早く始めるように怒鳴る。

「……早く試合を開始しろ」

「あ、はい！　へ、ヘラ様は……？」

「私も問題ないわ。とっとと終わらせましょう」

審判に訊かれてすぐさま表情を元に戻したヘラは、嫌悪の瞳で今一度カイを睨んだあと、模擬剣を中段に構えた。

対するカイは、腹立たしげに舌打ちをしながら片手で剣を構える。

お互いのお互いへの敵意を感じ取った審判は、このままでは自身も巻き込まれると全身を竦《すく》ませ、急いで開始の合図をする。

「し、試合――――開始!!」

その言葉と同時――――二人は地面が陥没するほどに踏み込んで、お互いにぶつかり合う。

派手な爆発音が辺りに鳴り響き、近くにいた審判は二人がぶつかり合う風圧で吹き飛ばされる。

お互い引くことなく剣を振るう。

あまりの速度に刃の煌《きら》めきと、金属同士がぶつかる甲高《かんだか》い音だけが響き渡る。

「なかなかやるな……！」

「……」

先ほどの怒りの表情はどこに行ったのか、余裕そうな笑みを浮かべたカイ。

いささか情緒不安定と言わざるを得ないカイの言葉にヘラはスッと目を細め、敵意だけ向けながら無言でさらに身体強化を施し、剣を薙いだ。

「確かに速い。だが……まだまだだな」

「……っ」

カイはヘラの剣を受け止めると、鳩尾《みぞおち》に蹴りを放った。

突然の剣以外の攻撃にわずかにヘラは目を見開く。

ただ、戦い慣れているため、すぐに地面を蹴って身体を宙に放る。

全身に白銀の魔力を纏い、空中を踏み締め――――お返しとばかりにカイを蹴り飛ばした。

「ぐおっ⁉」

カイはヘラのあまりの怪力に、完全に力を分散させることができない。

分散し損ねた力は、軽々とカイを吹き飛ばす。

「ぐはっ……！」

吹き飛ばされたカイは空中で体勢を立て直す――――と同時に目を見開く。

気付けば目の前で剣を横に構えたヘラの姿があったからだ。

「き、貴様、いつの間に……⁉」

「あら、この程度で驚かれては困るわね」

ヘラはそう言った瞬間――――白銀の魔力を剣に籠める。

膨大な魔力が剣を中心に渦巻き、徐々に刃の形に変化していった。

「な、何だそれは……！」

「シン君の仇よ。―――食らいなさい！」

圧倒的質量と破壊力を持った一撃が放たれる。

白銀の魔力がカイを呑み込み、地面に激突。

武舞台を破壊して爆煙を巻き上げる。

「おおっとーー!!　ヘラ選手のすさまじい一撃がカイ選手を直撃!!　これにはさすがのカイ選手もリタイアかぁ!?」

司会の女子生徒の実況と共に、観客が今日一番の大歓声を上げた。

しかし、そんな司会の言葉を聞きながら、ヘラは冷静にカイが落ちた場所を見つめていた。

（アイツがあの程度でくたばるわけない。それに……受ける瞬間のあの笑み。一体アイツは何を考えているのかしら？）

ヘラがどこか余裕そうだったカイの姿を思い出して不思議そうに首を傾げたその時――――。

「――――なかなかやるじゃないか」

爆煙の中からダメージを受けた様子のないカイが現れる。

カイは折れた模擬剣を放り投げ、楽しそうにヘラを見据えた。

（……っ、あれを受けて無傷なの……？　とんでもない化け物ね。でも――――）

この時、ヘラは確信していた。

――カイの剣の腕が、自身より下だということを。

「この程度で私より強いと豪語したわけ？　これならシン君の方が強いじゃない」

ヘラは白銀の魔力を纏ったまま、自らの攻撃になす術なく吹き飛ばされたカイに期待外れと言わんばかりに視線を向ける。

そんなヘラの態度とあの生意気なシンの名前を耳にした瞬間――――カイは自分の中で何かが切れる音を聞いた。

次の瞬間――――カイの雰囲気が変わる。

ヘラは突然雰囲気の変わったカイに警戒心を示し、剣を構えた。

「――今まで手加減してきたが……もうやめだ……！　今からお前を半殺しにする……！　お前を手籠めにするのはそのあとでいいだろう……」

カイはそう吐き捨てると、全身から四色の魔力を噴き出させ――――声高らかに叫ぶ。

「来い――――フェニックス、アクアナイト、ゲイル、タイタン……!!」

その瞬間に四色の魔力が一斉に光り輝き、段々とその姿へと変化する。

――真紅の炎の身体を持ち、蒼炎《そうえん》をまき散らす巨大な怪鳥。

――水の身体を持ち、同じく水の身体を持った馬に跨《また》るフルプレート姿の騎士。

――風の身体を持ち、鋭利な風の翼を羽ばたかせる鷹《たか》に似た鳥。

――――岩の身体を持ち、一〇メートルほどの身長を誇る巨人。

まさしく四体の超越級精霊が現れた。

その瞬間に観客達が響《どよ》めく。

歴代でも超越級精霊を四体同時に契約できる人間など存在しなかったからだ。

「どうだ、ヘラ？　これで俺の実力が分かったか？　まぁもう許さないがな」

カイは獰猛《どうもう》な笑みを浮かべてそう宣《のたま》う。

しかし――――すでに神級精霊であるゼウスを見たヘラにとっては全く脅威にすら感じなかった。

（シン君を倒した奴だからどれほど強いかと思えば……武術の実力はシン君の方が圧倒的に上ね。精霊の力はそれなりに強いらしいけど……私ほどじゃないわ）

カイがこれ以上自分の武術についていけないと判断して、精霊同時の戦いに切り替えたことを感じ取ったヘラは、全身から白銀の魔力を放出する。

その魔力は天にも昇り、空を白銀の魔力が覆う。

「はぁ……アンタが可哀想《かわいそう》だから、これからはアンタの好きな土俵で戦ってあげる」

ヘラがそう言うと、修練場に響き渡る力強くも美しい声で言葉を紡《つむ》いだ。

「来なさい――――バハムート!!」

瞬間――――先ほどのカイよりも圧倒的な光が会場中を包み込んだ。

『――――久しぶりに呼んでくれたな、我が主人よ』

「ええ、久しぶりね。最近は貴方を出す機会がなかったから出さなかったのだけれど……今回は少し暴れていいわ」

光が収まった武舞台には、武舞台の半分以上の大きさを誇る漆黒のドラゴン――――超越級最上位精霊のバハムートが上空を飛び、カイ達を見下ろしていた。

さらにはバハムートが羽ばたくたびに強風が巻き起こり、その風は観客席にまで届き、踏ん張っていなければ飛ばされてしまいそうなほどであった。

そんなバハムートの周りは鱗《うろこ》と同じ色の漆黒の魔力が停滞し、その魔力が身をより強固にしており、漆黒の魔力に触れたモノは灰になって消えていく。

四体の超越級精霊に続いて、竜の王の登場に、会場のボルテージはＭＡＸ。

世界でも類を見ない超越級精霊五体の戦いに、誰もが期待を募らせていく。

そんな期待の渦の中心にいるカイは、バハムートを見上げながら鼻で笑う。

「ふん……所詮《しょせん》は一体の超越級に過ぎないバハムートだけで、俺の四体の超越級に勝てるとでも思っているのか？」

「もしかして私のバハムートにビビっているのかしら？　――――御託《ごたく》はいいからさっさとかかってきなさい」

「――――後悔しても知らないぞ……!!　やれ、お前達!!」

カイの掛け声と共に、フェニックスは全身を赤と紫の炎で覆い、アクアナイトは海馬に乗りながら水でできた槍《やり》を構える。

そしてゲイルとタイタンは砂嵐を発生させて契約者であるヘラを狙う。

砂嵐が目の前に迫ってきたヘラだが、自信に満ち溢れた瞳でカイを睨み、模擬剣を捨てて宣言した。

「一つ忠告しておくわ。――――あまり私を舐《な》めない方がいいわよ?」

途端――――ヘラの全身から髪の色と同じ白銀の魔力と、バハムートと同じ漆黒の魔力が溢れ出す。

真紅の瞳が燃え上がるかのごとく煌めいた。

「《黒白の双剣》」

ヘラの言葉と呼応するように、二つの魔力がそれぞれに集結して黒と白の剣に変化し、ヘラの眼前に浮遊する。

それらを力強く握ったヘラは、身体から溢れ出る魔力を込めて双剣を振るった。

瞬間――――超越級精霊が生み出した砂嵐が、白と黒の斬撃によって三等分に斬り飛ばされる。

しかし、二つの斬撃は砂嵐を破壊したにもかかわらず威力を全く損なうことなく術者であるゲイルとタイタンを強襲。

「キュアァァァァァァ!!」

「グォオオオオオオオ!!」

白の斬撃は鳥型のゲイルの翼を断ち切り、黒の斬撃はタイタンの片腕を触れた瞬間に消滅させる。

人間であるヘラが、精霊の攻撃を撥《は》ね返すどころか消滅させて精霊達に無視できないダメージを与えたことにカイは大きく目を見開いた。

「ば、バカな……!? 相手は超越級だぞ……!? この俺でも一体を相手するのがやっとなのに……」

「アンタとは鍛え方が違うのよ……!」

ヘラは誰かに認めてもらうため、そして途中からは一人でも生き抜いてみせるために、必死で己を鍛えた。

ある時には貴族令嬢にあるまじき剣ダコ、血豆だらけのボロボロの手で帰ってきて、両親を発狂させたり、魔法を自身に掛けて全身ボロボロになって両親に怒鳴られたことも何度もある。

またある時には、わずか一三歳にもかかわらず護衛も付けずに一人でモンスターの巣窟に入り、一ヶ月命懸けのサバイバルを行ったこともあった。

その時に倒したモンスターの数は数えきれず、最終的にはドラゴンスレイという名を体現するがごとく、ドラゴンを一人で討伐せしめて、『ドラゴンスレイヤー』の称号も手にした。

故《ゆえ》に――――ヘラは己の力を誰よりも信じている。

「私を温室育ちのお嬢様と思っていたらあっさり負けるわよ？ ――――バハムート！」

『了解だ、主人よ』

ヘラがバハムートを呼ぶと、戦っていたフェニックスとアクアナイトを漆黒の魔力で退けて、空を震わせるほどの咆哮《ほうこう》を上げる。

「グルァアアアアア！！！！」

途端に武舞台に漆黒の魔力塊が、無差別に、されど一つも観客席に飛ばすことなく、さながら流星群のように降り注ぐ。

「ぐ……《三重魔力障壁》!!」

身体の芯を揺らすような爆発音を鳴らして降り注ぐ魔力塊を、カイは三重にした魔力障壁で食い止める。

しかしそれは止んだ頃にはボロボロに成り果てていた。

「ふぅ……危なか――――ぐぅぅ……!!」

「私から目を離すなんて傲慢ね」

カイは止んだことに安堵したあと、キッと上空のバハムートを睨むが、次の瞬間――――ヘラが自分の懐に入っていることに気付いて即座に剣で受け止める。

しかしその剣は、アッサリ三等分に斬り飛ばされ、剣が腹に当たるも、ギリギリのところで魔力障壁を展開して斬られることは回避。

それでも威力を軽減することはできず、派手に吹き飛ばされて、結界がヒビ割れるほどの速度で激突した。

「――ガハッ……!?」

カイは身体の内側まで響く衝撃に、血反吐《ちへど》を吐く。

そんなカイにヘラは攻撃を仕掛けようとするも――四体の超越級精霊がヘラを攻撃してカイを守ったためにそれは叶わなかった。

「チッ……厄介ね……」

ヘラが精霊達の魔法を黒白の双剣で斬り飛ばしたり受け流したりしていると、バハムートがヘラを守るようにブレスを吐いて攻撃を消滅させた。

「大丈夫か？　我が主人よ』

『このくらいどうってことないわ。ただ……私に魔力を渡しなさい」

『――承知した。我が魔力を主人に送ろう』

バハムートの漆黒の魔力がヘラに譲渡され、ヘラの身体を漆黒の魔力が包み込む。

するとヘラの白銀の髪が漆黒に染まり、真紅の瞳も漆黒に変化した。

全身に満ち溢れる全能感に浸りながら、ヘラはいつの間にか一つの漆黒のロングソードへと変化した剣を握り締め、構える。

「これで終わりよ――覚悟なさい」

「ぐっ……くそッ……なぜだ……なぜこうも計画が狂う!?　なぜこの時期のヘラにあの技が使えるん

だよ⁉　――――もういい。ヘラが俺のモノにならないのなら――――死んでもらう」
瞬間――――精霊達の姿が消え、カイの全身からヘラですら圧倒されるほどの虹色の魔力が放出され、その魔力が混ざり合って――――。

『――――ハハッ、コイツに取り憑いていて正解だったぜ』


――――一体の邪神が姿を現した。

さらにその邪神はカイの身体を乗っ取ると、カイの額に禍々《まがまが》しい二本のツノが生え、全身が真っ黒に染まる。


「「「「「『っ⁉』」」」」」

ヘラも、バハムートも、教師も、この場にいる観客の全てが驚愕する。

驚愕に包まれた会場のなか、カイに乗り移った邪神は嬉しそうに嗤《わら》った。

「ハハッ、この身体はいいなぁ？　分体は消えたらしいけど、中級の俺が上級に昇格できるなんてなぁ」

『……貴様、どうしてここにいる？』

「ん？　ああ！　何かと思えば竜王じゃないかぁ！　相変わらずすごい気迫を纏ってるなぁ？」

『無駄な御託は聞きたくない。貴様がなぜここにいる、ロキッッ‼』

バハムートの怒号が、漆黒の魔力を伝って辺りに響き渡った。

「ハハッ、楽しそうだなぁ」

そんなバハムートの問いに、ロキはまたもや楽しそうに嗤った。

二人の会話が理解できないヘラが尋ねる。

「……バハムート、あの黒い悪魔みたいなのは何なの？」

『……邪神という悪魔より厄介な奴らだ。気をつけろ主人よ。奴は実力こそ中の下から中の上だが、戦いたくない奴と言われれば、精霊達の中で間違いなく奴の名が挙がる。そして何より――あのゼウス様から唯一逃げ果《おお》せた邪神だ』

「……っ、あのゼウス様から？」

ヘラは先ほどのゼウスの気迫というか威圧感を思い出して首を傾げる。

目の前のロキという名の邪神も強いが、ヘラからすれば、ゼウスからはロキとは比べ物にならない強者感を感じたからだ。

しかし、この期に及んでバハムートが嘘を言うわけがないとヘラは考え、とりあえず逃げたことが事実であるという認識で剣を構える。

「あれぇ？　君はオレと戦うのかぁ？」

「もちろんよ。私はこの国が誇る戦闘貴族のドラゴンスレイ家の長女なの。ここで逃げるわけにはいかないわ」

「素晴らしい心意気だなぁ……さすがバハムートを手懐けているだけあるねぇ」

そう言って妙に納得した様子で、頻りに頷くロキ。

ロキにもゼウスにも同じことを言われたヘラは、過去に一体何をやっていたのか、とバハムートに疑惑の瞳を向ける。

『む、昔は少しヤンチャをしていただけだ！　それより奴を何とかするぞ！　今回は我も本気を出す』

バハムートは少し焦り気味に言い訳を連ねたのち、威厳を取り戻すがごとく先ほどとは比にならないほどの威圧感を纏い、鋭い眼光でロキを睨む。

『まずは――場所を変えるぞ』

バハムートの言葉にヘラは阿吽《あうん》の呼吸で魔法を唱えた。

「――《転移》!!」

一瞬バハムートとヘラ、ロキが光ったかと思うと――武舞台から姿を消した。

◇◇◇

「ハハッ、意外と懐かしい場所に来たなぁ」

『昔のように綺麗ではないがな。それに────貴様に昔を懐かしむ余裕があるのか？』

バハムートはロキを逃さないように睨みながら依然として不機嫌そうに言葉を吐いた。

瞬間────膨大な魔力の籠った破壊のブレスが一直線にロキへと向かう。

そんなブレスを目の当たりにしたロキは────。

「昔よりも強くなってるなぁ……まぁ今のオレよりは弱いけど」

破壊の特性が籠ったブレスを上空へと蹴り飛ばす。

蹴り飛ばされたブレスは上空で爆発する。

空を覆っていた雲はブレスによって一瞬にして吹き飛ばされ、空が曇りから快晴へと変化した。

『……っ、なら────』

まさか自分のブレスをこうも簡単に撥ね返されたことに驚くバハムート。

しかしすぐに意識を切り替えて翼を羽ばたかせて浮かび上がると、その巨体からは考えられないほどの速度でロキへと接近した。

「……っ、私も……！」

そんなバハムートに感化されたヘラも、全身に漆黒の魔力を纏い────。

「疾ッ────!!」

地面が陥没するのも気にせず、全力で踏み込んで弾丸のごとくロキへと突撃した。

ヘラはバハムートに少し遅れて到着すると、ロキに猛攻を仕掛けるバハムートを援護するように攻撃の合間を狙って剣を振るう。

「はぁあああああ!!」

「く……ただでさえ竜王の相手をするだけで面倒なのにちょこまかと鬱陶《うっとう》しいなぁ……」

いくら邪神であるロキでも、バハムートの魔力を宿したヘラの攻撃を無視することはできず、少し苦しそうな顔で応戦していた。

そんなロキに、バハムートもヘラもラストスパートとばかりに全力で攻撃する。

『主人よ、決めるぞ!』

「分かったわ!」

ヘラとバハムートは一瞬ロキを離れると、魔力を全開にして音速を遥《はる》かに超えた速度でロキに接近すると――――剣と鉤爪《かぎづめ》をロキに突きつける。

『「――――《黒竜王の双撃》ッッ!!」』

二人の攻撃はロキに迫り当たるかのように思われた――――が、突如ロキが楽しそうに嗤った。

「――――《トリックスター》。面白いくらい嵌《は》まるねぇ」

『「……っ!?」』

突如ロキの姿が掻き消え、空間がガラスのように割れた。

そしてそれと同時にヘラとバハムートは理解する。

――――自分達は催眠魔法を掛けられており、ずっと夢の中で空想のロキと戦っていたのだと。

だが同時に、ヘラは違和感を覚えていた。

(夢なのになぜ魔力を感じたり痛覚があったり苦しいの……？　何より――――夢なのになぜ相手の感情も読み取れるの……？　もしかしてこれはただの夢じゃない……ロキの能力かしら？　それとも……夢を見ていると私が一瞬錯覚しただけ？)

いくら考えても答えは当然出てくるはずもなく……ヘラは、自分の仮説を検証するために、嗤うロキに再び攻撃を仕掛ける。

しかし――――。

「はい残念」

「いや――――まだよっ！」

「!?」

再び世界が割れた。

またもや自分達が夢を見ていたのだと理解する――――より早くロキの感情を理解したヘラは、止まらず剣を振り抜いた。

するといた、自身の剣が何かを斬ったという感触が持ち手から伝わってくると同時に、目の前のロキが驚いたような表情を浮かべて、顔をほんの少し苦々しく歪めながらその場から消えるように動く。

「痛ったぁ……どうしてこんなにすぐにバレたのかなぁ？」

「言ってなかったわね。私――――相手の感情が読めるのよ。おかげでアンタが焦っているも、面白がっているだけで実際はつまらないと思っているのも簡単に分かったわ。それと同時にアンタが本物だってこともね」

ヘラの言葉にロキは本気で顔を顰める。

しかしそれもしょうがないだろう。

いくらロキが人を騙《だま》すのが上手いとはいえ、自分さえも完璧に騙すことなど不可能なのだから。

つまり――――ヘラはロキにとって、二人目の天敵とも言える相性の悪い存在だということだ。

わずかに自身が不利だと理解したロキの表情がスッと消え、何やらヘラを指差す。

一瞬何をしているのか理解できなかったヘラだったが、ロキの感情が殺意一色に染まっていることを読み、反射的に回避行動を取る。

そんなヘラの動きと同時に指先から大量の魔力が込められたエネルギー波が放出され、ヘラの肩を少し掠《かす》るようにして後方へと飛んでいった。

「くっ……」

ヘラは地面を転がりながら肩を押さえる。

少し掠っただけで、今まで感じたどの痛みよりも強く、肩が動かせないほどの激痛がヘラを襲った。

(な、何なのこれ……腕を食い千切られた時よりも激痛が走る……間違いなく何か攻撃が込められていたわね……)

苦虫を噛《か》み潰《つぶ》したかのような表情のヘラに、再びロキがエネルギー波を放つ。

ヘラは今度は避けるよりも撥ね返す方がいいと考え剣を構えるが――当たる寸前に目の前を漆黒の魔力波が通り過ぎる。

バハムートのブレスだ。

ブレスがロキの放ったエネルギー波を消し飛ばし、自分達の身体を守るように魔力で覆った。

『大丈夫か、主人よ。それと体を我の魔力で薄く、均一に覆うのだ。そうすれば痛みが取れる』

「……助かったわ」

『ただ……認めたくないが、我の魔力だけでは奴は倒せない。人の身体に受肉したせいか、昔よりも格段に強くなっているようだ』

バハムートは無表情のロキを睨みながら、苦々しく呟く。

しかし、バハムートの話を聞いたヘラは、一度心を落ち着かせるように目を瞑ると――漆黒の瞳を爛々と輝かせて言い放った。

「でも――私は絶対に逃げないわ。ここで私が逃げたらこの国の民が大勢死んでしまうもの」

『ククッ……ガッハッハッハッ!!　それでこそ我が主人だ！　奴に一泡吹かせてやろうぞ！』

「ええ、もちろんよ！」

「無駄な話し合いは終わったかな？　ならとっとと死ね」

ロキは問答無用とばかりに指先どころか、自身の周りに球体の魔力を浮遊させたかと思うと、そこから同じようなエネルギー波が何重も発射される。

そのことに驚くヘラとバハムートだったが、即座に全身を破壊の特性が付与された魔力で守る。

さらにそのままロキの下に駆け出すと、エネルギー波を最小限の動きで急所を外して受けながらも前に進み――――。

「捉えたわ――――はぁああああああ!!」

「吹き飛べ――――グルァアアアアアア!!」

ヘラは身体強化に回していた魔力も文字通り残された全魔力を漆黒の剣に込めて全身全霊で振り抜く。

バハムートも己の残りの魔力を凝縮して破壊のブレスを放つ。

莫大な魔力の籠った斬撃とブレスがロキに迫る。そんな二つをロキは無機質な瞳で捉えると
――――。

「――――くだらない」

ロキは先ほどよりもさらに魔力の籠ったエネルギー波を放ち、ヘラとバハムートの最後の一撃を打ち消した。

「……っ、届かなかった……ッ」

ヘラは、漆黒の魔力の花びらが空から舞い落ちるのを見ながら、最後までロキに届かなかったことを悔やむ。

「私は……この国で最強でないといけないのに……」

自分の強さだけが、ヘラと家族を結ぶ、ドラゴンスレイ家と名乗れる唯一の取り柄だった。

しかし、自分の力では目の前の邪神には敵《かな》わないどころか、向こうが本気で戦っていたのかすら分からない。

ヘラは魔力切れによる疲労感で意識を朦朧《もうろう》とさせながら、目の前に映る巨大な魔力塊を見上げる。

そこにはロキが冷酷な瞳でこちらを見つめていた。

「もう終わりだ。分体が殺された原因も探さないといけな――――ッ!?」

突如――――ロキの頭上にあった巨大な魔力塊に突っ込む光が現れる。

その光は雷鳴を轟かせ、辺りに雷電を撒き散らしながら一直線に魔力塊へ突撃し、一瞬にして魔力塊を突き破ると――――。

「カイ――次はないと言ったはずだ」

ロキに意識を奪われたカイを、雷電を纏った拳でぶん殴った。

カイは顔面をぶん殴られて派手に吹き飛ぶ。

そんなカイを見ながら――シンは怒りを滲《にじ》ませて告げる。

「――ヘラを傷つける奴は誰であろうと許さない」

――逃げることのできない死の宣告を。

◇◇◇

俺は吹き飛んだカイ――いや、今はロキか――から視線を逸《そ》らし、ヘラに目を向けると、至るところが傷だらけで魔力も底を突いているようだった。
ヘラの姿を認識した瞬間に俺の身体はカイなど放っておいてヘラの下に駆け付ける。

「だ、大丈夫かヘラ!?　とりあえずこれ飲んで！」

俺はあらかじめヘラに渡す為に手に入れていた回復ポーション……とは少し違うのだが、ほとんど同じような物を渡す。

ヘラは困惑していたが、俺の感情を読んだのかとりあえず飲んでくれるようだ。

「……ん……んっ……こ、これは……？」

ヘラが瓶に入った液体を飲み干すと同時に身体が突然七色に光り輝く。

そして光が消える頃には、ヘラの美しい肌の傷が一瞬にして治り、さらには魔力も全快する。

その異常な回復力に、普段から自分が討伐したモンスターの素材を売って、いい回復薬を買い、頻繁に使っているヘラだからこそ驚愕に瞠目する。

俺は、そんなヘラにさらに同じものを三つ渡してから言った。

「これ、エリクサーっていうんだけど――」

「エリクサーっ!?　そ、そんな物もらえないわよ!?」

「いや、あと数十個あるから、もう一〇個くらいは渡せるけど。むしろ貢《みつ》がせてほしい」

「…………どうしてそこまで……？」

ヘラがボソッと何かを呟く。

俺はたまたまエリクサーの整頓をしていたため、よく聞こえなかった。

「ん？　申し訳ないんだけどもう一回言ってくれない？」

「…………いえ、何でもないわ。無粋な質問だったわね」

ヘラは自己完結したのか首を振って立ち上がった。

ふぅ……何とか間に合ったみたいでよかった……。

危なかった……あと少し遅れていたら間違いなくヘラは瀕死《ひんし》になっていたな……。

本来であれば邪神が現れた瞬間に邪神の気配に気付いていただろうが、カイに取《と》り憑《つ》いていたのがロキだというのが一番いけなかった。

ロキが自分の気配を様々なところに散らばらせていたため、発見が遅れてしまったのだ。

さらに、尋問していた大司教が突然爆発してその際に溢れ出した魔力に閉じ込められたのも遅れた原因の一つである。

「ごめん、ヘラ。こんなにボロボロになるまで助けに来れなくて……」

「ううん。戦うと決めたのは私だもの。怪我をするくらいは自己責任よ」

力強い瞳で言うヘラの姿を見て、やはり目の前の推しは俺が大好きな推しであることを再確認した。

そんなヘラを、俺は心の底から悪いと思いながらも――――。

「――――ちょっと失礼します」

「え？　――――あっ⁉」

素早くお姫様抱っこして巻き込まれなさそうなところに連れて行く。

「っ～～‼」

「あ、えっ、あっ、ほ、本当にごめんなさい!!　あそこにいたら巻き込まれるから……でも、すぐに終わらせるから少しここで待ってて」

俺は顔を真っ赤にして悶えるヘラに何度も謝ってから急いで離れた。こんな事態だというのに場違いにうるさく高鳴る心臓を抑えながら、戦闘態勢に入る。

「ふぅ……《雷人》……ッ!!」

瞬間、全身から膨大な雷電が発生して身体を再構築していく。

その過程で髪が真っ白に染まり、白の瞳が爛々と輝きを灯《とも》し、全身に雷電が纏われた。

この時、シンは一時的に人間の枠を飛び越える。

「――――爺さん、アレが本体だろ？　今までの奴より強そうだぞ」

『ふむ……確かに奴が本体じゃな。しかももうすでに意識もあるようじゃ』

爺さんは固有精霊界から出てくると、吹き飛んだカイ――――ロキを見て断言した。

爺さんが言うのならば間違いないだろう。

「じゃあ――――爺さんはヘラを護っていてくれ」

『奴は昔、儂から逃げた強者じゃ。気をつけるんじゃぞ』

「もちろんだ。だが――――ヘラを傷つけた報いはしっかりと受けてもらうがな」

俺は一瞬で数十キロ以上離れているロキの下に移動すると――――奴の頭を掴んで地面に陥没させるほどに叩きつける。

「ガハッ……!?」

「おい、お前もどうせカイの目から見ていたんだろ？　言ったよな？　次、ヘラに手を出せば殺すって。覚えていないとは言わせないぞ」

俺はロキのツノを掴むと、そこから雷を流し込む。

邪神のツノはものすごく魔力伝導率がよく、ここからの攻撃が一番ダメージになるらしいので、早速やってみたが――――どうやら効いているようだ。

ロキは全身から煙を上げて、白目を剥いてピクピクと痙攣《けいれん》していた。

正直もっと殴りたい衝動に駆られるが、いたぶる趣味はないので、とっとと殺してしまおう。

俺はロキの足を掴むと、宙に放り投げる。

すると――――突然ロキが目を開き、一瞬にして魔力を操作すると俺に、音速を遥かに超えた某少年漫画のデ◯ビームのようなエネルギー波を何発も同時に撃ってきた。

「ハハッ！　油断は禁物だよぉ！」

「それはこちらの台詞《セリフ》だ、バカ野郎」

「……っ!?」

俺は一瞬の間に全てのエネルギー波を拳で消し飛ばし、ロキの背後へと回り、回し蹴りを放つ。

ロキは分体と違って俺の動きに反応はしていたが、人間の身体のせいか動けずモロに蹴りを受けてしまい、逆くの字で吹き飛ぶ。

しかしどこかに激突するのを待つほど俺は優しくない。

俺は空中を蹴って瞬《またた》く間に吹き飛ぶロキと並ぶと、上空へと蹴り上げ――――。

「《神雷》」

爺さん直伝の、空一面を覆う普通のモノの数十倍もの力を持った雷雲から発せられた一条の稲妻が、遠く離れた場所まで届くほどの雷鳴を轟かせて唸りを上げながらロキを貫く。

「強さ的に言えば……あの森の邪神と同じくらいだな」

今回ヘラが戦った邪神が、俺でも十分に対処できる程度の邪神だったのは不幸中の幸いだ。

これが爺さんの言う最上級の邪神であれば、今頃ヘラは死に、俺もゼウスもタダでは済まないどころか下手すれば死んでしまうだろう。

そんな相手がのちに待ち受けているのを考えると少し憂鬱な気分になってくるが、気持ちを切り替えて――――上空を見上げる。

そこには、先ほどの巨大な魔力塊ですら児戯に見えてしまうほどの魔力の籠ったバスケットボール大の魔力塊を生み出したロキの姿があった。

ロキは愉悦を顔に貼り付けて嗤う。

「どうする契約者君？　オレのこれを避けたら間違いなく辺り一帯が吹き飛ぶよぉ？」

遠回しにヘラを殺されたくなければ受け止めろと言いたいのだろう。

本当に意地汚く、悪知恵の働く奴だ。

だが――甘いな。

「お前……何か勘違いしていないか？」

「………は？」

「ヘラには爺さんが付いているんだぞ？　それに――そもそも避ける気は微塵もない……！」

俺は全身の魔力を次々と雷電に変換していき、それを己の右手に集結させる。

その過程で雷雲が蠢《うごめ》き、引き寄せられた稲妻が辺りに降り注ぐ。

「……これはマズい……!!　くたば――」

「もう遅い――」

空一面を真っ白に染め上げられるほどの雷電が俺の拳に集まった瞬間――。

「これで終わりだ――《神雷撃》」

俺が一条の神雷となり、刹那《せつな》の間にロキの魔法を消し飛ばし、そのまま威力は減衰することなくロキ自身を貫いて、雷雲をも掻き消した。

◇◇◇

――――次の日。

俺は自分の家の寝室（学園に入学と共に、学園の近くの何の変哲もない普通の家を買った）で目を覚ます。

耳を澄ませば小鳥の囀《さえず》りが聞こえ、窓から入る太陽の光が、俺とベッドを明るく照らしていた。

「……朝か」

『今は八時じゃ。いつものお主ならすでに学園に向かっている頃じゃな』

「良いんだよ、今日は。学園は一週間休みなんだから」

そう――――期待の新人であるカイが変貌して現れたロキと、その後に学園の校舎内に残しておいた死体が発見されたため、学園は一週間の臨時休校に入った。

一週間のうちに学園の清掃、死体の身元確認&原因究明など、色々とやることがある――――とドバン先生が頭を抱えて言っていたのでよく覚えている。

正直、学園にはヘラを眺めに行っていたようなものなので、ヘラの姿にお目にかかれないのはものすごく悲しい。

そう言えば、我が推しのヘラは、ロキへの対応とドラゴンをソロで倒した経歴が評価されて、わずか一五歳ながら国の顔であり、王国最強――『十傑』の第十席に選ばれた。

もちろん、こんなことはゲームにはなかった出来事だ。

本来、ゲームではこの時点で主人公が襲撃者を倒したことで第十席になり、最終的に主人公達が第一席から第五席を独占するはず。

もちろん主人公が第一席で、アーサーは地味に第三席に君臨することとなる。

「主人公いなくなったけど……どうすんだろう？」

『確かにのう……ロキも完全に消滅したようじゃし……おそらく受肉された人間も死んでおるじゃろうな』

「なぜそう言い切れるんだ？」

『今まで邪神に身体を乗っ取られた者は、邪神がいなくなった瞬間に身体が拒否反応を起こして、あっという間に灰となって死んでしまうのじゃ』

そんな仕様になっていたんだな。

ゲーム自体にも受肉はあったが、ヘラ以外は見たことがない。

なので、ゲームを周回しまくった俺でさえ、今回のカイで二人目だ。

ただ、爺さんが言うのなら大方は信じても良いだろう。

邪神に関しては俺よりも詳しいからな。

「さて……この世界は早期退場した主人公の穴をどう埋めるんだ？」

さすがにこればかりは俺にも分からないので何とも言えないが、長年オタクをしていた俺としては、おそらく新たな主人公が現れるとは思う。

精霊に愛された人間というのはこの世界に唯一ではないとファンブックにも書いてあったからな。

「まぁ……それはあとで考えるとするか。どうせ俺はヘラを護れればなんでも良いからな」

『そうじゃな。今考えても仕方がないじゃろう。未来のことは神にも分からないんじゃからのう』

たとえ、ストーリーが変わろうと。

たとえ新たな主人公が現れようと。


「────必ずヘラを護る。オタクと隠れ最強の意地を見せてやる」


ただ、今は、この珍しい休みを使って惰眠を貪ることとしよう。

俺は再びベッドに潜り、目を閉じ……る前にインターホンの役割を果たす魔導具が鳴り、俺は仕方なくベッドから降りて玄関へと向かった。

「はい、どちら様でしょうか────っ!?」

訪ね人の姿を確認した瞬間、目を見開いて────。

◇◇◇

「――――よくやったヘラよ。それでこそドラゴンスレイ家の者だ。これからも精進しろ」

「……はい」

ヘラは返事をしながら、ドラゴンスレイ家の当主であり父親であるアルフレッド・フォン・ドラゴンスレイの瞳を見つめる。

そこから流れてくるのは、嫌悪、義務の二つのみ。

「……っ」

ヘラは自分が感情を読めることを家族の誰にも伝えていない。

自分から言ったのは説得するために伝えたドバン先生のみで、シンも知っているのだが、ヘラ自身はバレていないと思っている。

「……では私は鍛錬を行ってきます」

「分かった」

アルフレッドは大して興味がなさそうに形だけの返事をしてヘラを下がらせる。ヘラとしてもこんな場所にはいたくなかったため、素直に自分の部屋に戻った。

「ふぅ……やっぱりこれが普通なのよね……」

部屋に戻ったヘラは、ベッドに倒れ込んで深いため息を溢す。

(いくら『十傑』になったことを報告するために久しぶりに家に帰ってきたとはいえ、疲れるわ……。

でも、それもこれで終わり……！)

ヘラはベッドから起き上がり、浮つく心を落ち着かせながらクローゼットを開ける。

「シン君はどんな服が好きかしら……？　あっ、この前ワンピースが好きって言っていたわね……」

ヘラは先ほどとは一転して、ものすごく楽しそうに、先ほどまで険しかった表情を緩めてワンピースを中心に自分の身体に当てて選んでいく。

この姿から分かる通り――これからヘラはシンの家に突撃してデートに誘う予定なのだ。

シンの家はゼウスに教えてもらっている。

「シン君……いきなり私が家に行ったらどんな表情するかしら……？　怒らないでほしいなぁ……」

純白のワンピースに真っ白な麦わら帽子を被りながら、ヘラは心配そうに呟いた。

(まぁ……ここで心配しても意味ないわね)

ヘラはそう言って自分を奮い立たせると、軽いメイクをして家を出る。

まだ朝だが、初夏だからか少し暑い。

「確かこっちで合っているわよね……？」

今までモンスターを倒してばかりいたせいで、誰かと遊ぶということをしたことがない。

そのためヘラは無性に落ち着かなく、何度も通っているはずの道ですら全く別のものに見えていた。

「それにしても――――」

ヘラは一週間前の出来事を思い出す。

自分では敵わなかった相手を手玉に取るシンの姿。

ボロボロになった自分の姿を見た途端にテンパるほどに心配してくれて、世界で最も高いとされる神薬をたくさん渡してくるシンの姿。

自分のことで怒ってくれるシンの姿。

「～～～っ」

思い出すだけで、ヘラの顔は朱色に染まり、恥ずかしさで悶えてしまう。

（あんなの反則よ……）

あんなに好意を向けられて。

どんな事をしても優しい瞳で、笑顔で見守ってくれて。

自分のために怒ってくれて。

心配してくれて――――。

「――――好きにならないわけがないじゃない……」

ただでさえ現実ではありえないと分かっている少女漫画を愛読するヘラなのだ。

そんな漫画のヒーロー以上にカッコよくて、優しくて自分を好いてくれている人に出会ったら好きにならない方がおかしい。

こんなに悩むのも。

全身が燃えるように熱くなるのも。

彼と目が合うだけで心臓がうるさいくらい高鳴るのも。

彼を見るたびに心が躍り、愛しさと嬉しさが溢れてくるのも。

初めての感情で初めての体験。

その全ては彼が私にくれたもの。

ヘラは高鳴る心臓と熱の集まる顔を抑えることなく、シンの家のインターホンを鳴らし、髪や身嗜《みだしな》みを確認する。

こんな大チャンス二度とないとヘラは断言できた。この人生で唯一のチャンスを絶対に失いたくない。

だから――――。

「はい、どちら様でしょうか――――っ!?」

扉を開けてヘラと目が合った瞬間、驚きで目を見開くシン。

その瞳からは、驚き、好意、歓喜などの様々な感情がヘラに流れてきた。

ヘラはそのことに安心すると共に――――気恥ずかしげな、それでいて愛おしい感情を抑えることのない一〇万点満点の笑顔を咲かせた。


「おはようシン君。いきなり悪いのだけれど――――私と遊びに行きませんか……？」


――覚悟しておいて、シン君。

必ず私が貴方の隣に立ってみせるから。

書き下ろし番外編

シンの覚悟が固まった日

Extra edition

——時間は戻り、シンが学園に入学する二ヶ月前の『禁忌と雷の森』での昼下がり。

辺りは鬱蒼《うっそう》と茂る草木の影響でほとんど光は地面に届かず、辛うじて木々の間から漏れる木漏れ日のみが森の中を照らしていた。

『——ほれほれ、避けんと死ぬぞい』

否《いな》——他にも森の中を照らすモノがあった。

地面から数十センチ浮いた、白くて少しボサボサな長髪の屈強な老人——ゼウスの先端が三又に分かれた雷の杖《つえ》から放たれる、幾条もの雷光だ。

「くッ……全《まった》く、無茶を言ってくれる……!!」

全身に陽炎《かげろう》のごとく揺らめく青白い魔力を帯びた青年——シンは、ゼウスの言葉に苦々しい表情で吐き捨てた。

そんなシンの手首と足首には、鉄製の腕輪のような重りが取りつけられていた。

見た目こそそこまで重そうに見えないが……実際は合計で三〇〇〇キロにも上り、地上で最も重い地上動物である象より圧倒的に重たい。

普通の人間ならば一瞬で腕が引き千切れ、足は一歩も動かなかっただろう。

しかし――シンは色んな意味で人間を遥《はる》かに超越していた。

「はぁ、はぁ……クソッ……重たいな……！」

重たいでは済まされない重さを掛けられたまま、あろうことか雷速に迫るゼウスの雷光を避けていたのだ。

もちろん動きを予測し、出し惜しみせず魔力を使って発動させた身体強化で、素の身体能力を遥かに向上させているが……それにしても異常である。

「はぁ、はぁはぁ……ふぅ……」

シンは荒い息を整え、空間を奔《ほとばし》る雷光をギリギリまで引き付けると――思いっ切り地面を蹴って空中に避ける。

しかし、まるでシンの動きを予知していたかのように、ゼウスが追加で放った一条の雷光は雷鳴を轟《とどろ》かせながら、シンの頬を掠《かす》めた。

「くッ……」

『ほっほっほっ、なかなかの動きじゃが……油断は禁物じゃよ？』

ゼウスは心底楽しそうに笑みを浮かべながら、滝のように汗をかいたシンを煽《あお》る。

対するシンは、苛立《いらだ》たしげに顔を歪《ゆが》めるも、相手にしている余裕はないのか言い返さなかった。

てっきり言い返されると思って身構えていたゼウスは、何も返ってこないことに肩透かしを食らいながら小さく舌打ちする。

『チッ……激昂したお主《ぬし》に広範囲の雷撃を食らわせようと思ったのじゃが……』

「鬼畜か、お前は！　クソッ……俺も雷魔法が使えたら」

なかなかに鬼畜な作戦を語るゼウスに思わず口を開いたシンは、忌々《いまいま》しげにゼウスを睨《にら》んだ。

シンに雷魔法の使用を禁じた張本人であるゼウスは、そんな彼の様子に面白そうにケラケラ笑う。

『ほっほっほっ、使ったら儂《わし》も本気の魔法を使うからのう。ほら、次いくぞい！』

ゼウスの言葉と同時。

彼の雷の杖の先端が光り輝き、ゼウスの周りを、数十個もの三〇センチほどのバチバチとスパークが走る雷の玉が取り囲んだ。

そして――一斉にシンへと放たれた。

「っ、本当に手加減ってものを知らないな、あの爺《じい》さんは……《障壁》」

シンは即座に身を翻《ひるがえ》して雷の玉から逃げると共に、自身の背中側に無属性魔法の《障壁》を発動させる。

半透明でシンの身体《からだ》を覆う縦長の障壁が現れ、雷の玉をいくつか被弾して亀裂が入り、破裂するように消えた。

（くそっ……不慣れな魔法じゃこの程度か。これでも今の魔法に結構魔力を注ぎ込んだんだが……っと）

思考を一時中断し、背後から迫る雷の玉を顔だけ向けて視界に捉える。

同時進行で右足に籠める魔力量を増やしたシンは、左足を軸にして振り返り、渾身《こんしん》の蹴りをお見舞いした。

速度の乗った蹴りは風を切り裂いて雷の玉に直撃し、あらかじめ多く籠めた魔力のおかげで感電することなく対象を破壊する。

ドンッ、と内臓に響くような音と、破裂した雷の玉から発せられた閃光《せんこう》が視界を奪った。

(目が……あの爺さん、わざと俺に破壊させやがったな!?　全部予測済みだったってか！)

「つくづく性格の悪い爺さんだぜ……」

シンは魔力感知に切り替え、素早く辺りを魔力で感知――眼前に魔力の塊が迫っていることに気付いた。

「ぐおっ……!?」

思わず驚きの声を漏らしながらも、咄嗟《とっさ》に身体を後ろに反《そ》らせる。

すぐ真上を魔力の塊が過ぎ去るのを、シンは肌で感じた。

『ふむ、外れたか。お主、なかなかやるのう……』

「これでも二ヶ月アンタの修行をやってるからな……！　いい加減不測の事態への対処にも慣れてきたところ――だッ!!」

シンはゼウスと会話をしつつ、木々の間を縫って様々な方向からやって来る雷の玉を殴り、蹴り飛ばし、障壁で弾《はじ》く。

さながら舞台の上で舞う踊り子のように。

見ている者の視線を奪うほどに洗練された動きで、目にも止まらぬ雷の玉に悉《ことごと》く対処していた。

『ほうほう！　随分と動きが良くなってきたのう！　やはりお主は戦いの天才じゃな！』


「――いくら何でも、油断しすぎじゃないか？」


一息でゼウスとの距離を詰めたシンが、眼前に拳を振りかぶりながら言った。

後方では、砂埃《すなぼこり》が舞い、今更ながらに地を踏みしめた音がやって来る。

『!?』

今日初めて、ゼウスの顔が驚愕《きょうがく》に染まった。

そんなゼウスの様子にシンは、拳を振り抜き――。

◇◇◇

「……痛てぇ……」

今日の爺さんとの修行を終えた俺は、手痛い反撃を食らった右頬を、近くの川で汗を流すついでに冷やしていた。

森の中にあるからか、はたまたこの世界の文明が進んでおらず、地球のように汚染されていないからか、川底が見えるほどに水が透き通っている。

そんな流水に、月光が反射してキラキラと光り輝くと共に、空に浮かぶ満天の星が水面に映り込み、ゆらゆらと揺らめいていた。

「……綺麗《きれい》だな」

星空は好きだ。

クソッタレな現実の中で、どこか幻想的な雰囲気が気持ちを落ち着かせてくれる。

何より綺麗だしな。

星と言えば……アレは、マジで視界に星みたいに光がチカチカちらついたんだよな。

もちろんアレとは、修行中唯一爺さんの懐に入れた時のことだ。

……あんな不意を衝いた状態で反応できるとか頭おかしいだろ。

自慢じゃないけど、あの時の拳の速度は音速なんぞ余裕で超えてたぞ。

そう、修行開始から二ヶ月——ついに爺さんから一本取れると思った瞬間、拳を華麗にいなされて、逆に右頬に拳をもらった。

あの時の痛みといったら、電撃を食らうよりよっぽど痛かった気がする。

それに反撃だったため、モロに食らい、数百メートルは吹き飛ばされた。

木に何度も打ちつけられたので、背中がジンジンと痛みと熱を持っている。

魔力で身体を強化してなかったら、何本か骨が折れていただろう。

さすがに頬の骨は折れたけど。

「あぁぁぁぁ……強すぎるだろ、あの爺さん」

『――精霊の頂点たる儂ら神霊が、そう易々《やすやす》と人間であるお主に負けるわけなかろう？』

「!?　……わざわざ気配消して背後を取るなよ、爺さん」

『そう怒るんじゃない。怒りっぽい男はモテない……どんな世、種族でも変わらぬ一般常識じゃて』

……何で、この爺さんに言われると無性に苛つくのだろう。

俺がそんな思いを籠めながら、責めるようにジト目を爺さんに向けると……あろうことか、楽しそうに笑った爺さんが俺の背中をバシバシと叩《たた》いてきた。

馬鹿力も然《さ》ることながら、木に打ち付けたところでもあるので普通に痛い。

『わっはっは！　やはりまだまだじゃの。いつ何時でも警戒を怠ってはならんのじゃ』

「言ってることは分かるが……警戒ばかりしていては息が詰まるんじゃないのか？」

『お主は警戒を解きすぎじゃ。転生前が平和な世界だったことが原因かのう？』

それは……確かに否定できない。

事実、日本は地球でもトップクラスに平和な国だったし、正直警戒しないと死ぬなんていう極限状態とは、ほぼほぼ無縁な生活を送っていた。

もし本物のシンならもっと警戒心も強かったのだろう。

「……なぁ、爺さん」

『……どうしたんじゃ？』

俺が少し真剣味を帯びた声色で訊《き》いたからか、爺さんも笑うのをやめ、浅瀬の俺が座っている場所の隣に腰を下ろして空を見上げた。

相変わらず空には星々が輝いている。

そんな満天の星の下、俺は自嘲気味に口を開いた。

「俺さ、ヘラの未来を変えるために頑張ってんだけど……どうにも不安で仕方ないんだ」

『ふむ、それは何故《なにゆえ》じゃ？　お主は十分に強いし、これからもっと強くなるじゃろう？』

それは分かっている。

自分でも明らかに身体に精神が追いついてきた感覚があるし、爺さんとの修行のおかげで無属性魔法の習得も一応できた。

さらに、この身体の持ち主は隠れ最強キャラの異名を冠しており、才能も肉体的能力も文字通り最強だ。

我ながら、ヘラを助けるにはもってこいな最高の身に転生したよな。

自分の幸運具合には脱帽してしまうほどだ。

でも、だからこそ。

「俺に、本当にこの身体を使いこなせるのか、本当にヘラを助けられるほどに強くなれるのか、それが不安でしょうがない」

いくら身体の元の持ち主が最強であろうと。

いくら原作知識があろうと。

俺は元々、二次元のキャラにガチ恋した――ただのオタクでしかない。

別に特に長所があるわけでも、短所があるわけでもなく。

運動が得意なわけでもないし、自分に格闘の才能があるとはてんで思っちゃいない。

そんな俺に、果たしてヘラの未来を――一人の人間の運命を変えるほどの大役が勤まるのだろうか、と。

「俺は前世では凡人だった。特に信念もなかったし、人の意見に流されて生きてきた。だからこそ――俺は、不安なんだ」

一頻《ひとしき》り話し終えた俺は、小さくため息。

転生してからずっと思っていたことを吐き出せて少しスッキリした気がする。

『……なるほどのう……さすがの儂も別人になって生をやり直す、という経験はしたことないから、何とも言えんのじゃが……』

ゼウスが俺に顔を向ける。

どこか確信を帯びたような瞳が俺を捉えていた。

その瞳に耐え切れず、俺が目を逸らそうとしたその時。

『――お主は、諦めるのか？』

ゼウスが俺に尋ねてきた。

まるで世間話をするかのごとく、問うてきた。

「それは……」

『お主が不安な気持ちも分かる。未来とは、儂ら神霊であっても完全には分からないものじゃ。分かっていれば、儂はお主が転生することもあらかじめ分かっていたじゃろう。未来とは常に不確定で、本当にくだらない、しょうもないわずかなことでも、いくらでも変わるのじゃ』

「…………」

『お主が前世でどんな人間だったのか、それは儂には分からぬ。普通というのも、存在が他とは一線を画す儂には分からん。じゃが……』

ゼウスが俺の肩にポンッと手を置いた。

ゴツゴツとしていて固いが……どこか温もりを感じる優しい手だった。

『——お主のヘラという娘を助けたい、という想いはその程度なのか？　昔の自分が普通だったからと言い訳して、自分には無理じゃと目を背けられる程度の想いなのかのう？』

「——違う！　俺は本気でヘラを……」

反射的に言い返していた俺は、彼の瞳に灯《とも》る優しげな色を見てハッとする。

同時にゼウスがニヤリと笑みを浮かべて頷《うなず》いた。

『もう分かったかのう？　お主が昔どんな人間であったとしても、今はヘラという娘のために儂の辛《つら》い修行にも耐えているのじゃ。人間が儂の修行についてこれることは思わんかったぞ』

「おい、やっぱりやりすぎじゃないか」

そりゃそうだよな。

人間が象二頭分くらいの重りを付けて雷速に迫る速度の攻撃を避けるなんて普通不可能だもんな。

俺がギロッとゼウスを睨むと、ゼウス……いや爺さんが、悪戯《いたずら》がバレた時の子供のように楽しそうに笑った。

『ほっほっほっ、ついてこれておるのじゃからもう変えんぞ！　残念じゃったな！』

「この性悪爺さんめ……」

俺は今一度より強く爺さんを睨んで……口笛を吹いて誤魔化《ごまか》そうとする爺さんの姿に、ふっと口元を綻《ほころ》ばせた。

「……ありがとな、爺さん。おかげで改めて覚悟が決まった。――俺は絶対にヘラを救う。絶対にヘラを不幸にはさせない」

『そうじゃ、男は度胸じゃぞ。儂がお主を誰にも負けないくらいに強く鍛えてやるからのう』

「ああ、これからもよろしく頼む。俺を強くしてくれ、爺さん」

俺は爺さんに手を差し出す。

爺さんは俺の手を見て少し驚いたように瞠目《どうもく》したが……どこか嬉《うれ》しそうに笑みを浮かべた。

『うむ、こちらこそよろしく頼むぞ、シン』

そう言った爺さんは、俺より一回りほど大きくてがっしりとした手で俺の手を握った。

書き下ろし番外編

ヘラとお出かけ

Extra edition

——夢を見ているのだろうか。

俺は、ヘラに誘われるという未だに信じられないこの状況に心の底から零《こぼ》した。

学園から少し離れた、王都の中でも特に露店も人も店舗も多い繁華街。

三階ほどの石造りの建物がズラリと道を挟んで建っており、同じく石造りの道は人と馬車でごった返していた。

俺はそんな場所で、ヘラに人がぶつかったり、あろうことかナンパなどをする輩《やから》が現れないように、ボディーガードにでもなった気分で辺りを見回していた。

当たり前だが、ヘラは世界一可愛《かわい》くて綺麗《きれい》なので、こうして歩いているだけで自然と周りの視線を惹《ひ》きつける。

そうすれば、必然的にヘラを情欲のはけ口にしようと話しかけようとする者が現れる。

そんなときこそ、俺の出番である。

「……」

「ひっ……!?」

顔の傷や目が鋭いのが幸いして、俺が少しの敵意を籠めて睨《にら》みを効かせれば、ヘラに近づこうとしていた者達は、顔を真っ青にして逃げていく。

ふん、公爵家のご令嬢をナンパしようとするのが悪い……てかむしろ、ヘラに無礼を働いて罰せられるよりは、俺の睨みを受ける方が遥《はる》かにマシだろう。

もちろん、ヘラに目を付けてナンパしようとするその観察眼は間違いじゃない。

ぜひとも別の人にするんだな。

逃げる男達から目を離し、すぐ目の前でアクセサリーを取り扱っているらしい露店に置いてあるネックレスやイヤリングを物色するヘラをチラッと眺める。

「綺麗なネックレスね……。あまりこういった場所に来たことはないのだけれど、わざわざ高級品を身に付ける必要性の有無を突きつけられている気がするわ。あ、この指輪も素敵……」

やはりこうしてみると、ヘラも一人の年頃の女の子なのだと実感させられる。

普段の少し近寄りがたい凛《りん》とした雰囲気はだいぶ鳴りを潜め、指輪やネックレスを手に取っては、キラキラと瞳を輝かせていた。

今日のヘラは、今まで見ていた制服姿ではなく、純白のワンピースに、真っ白な麦わら帽子を被《かぶ》っており、彼女の絹糸のように滑らかな白銀の髪に良く似合っていた。

それにわずかにメイクをしているのか、わずかな化粧品の匂いがする。

ただでさえ元から可愛いのに、普段の数倍は可愛く見えた。

耳についた花柄のイヤリングだけはいつものままだ。

……え、ヤバい、可愛すぎる。

ゲームでは見られなかった私服姿をこの目で拝めるとか、何たる幸運……さては明日にでも槍《やり》でも降ってくるのか？

「あ、あの……ずっと見つめられると恥ずかしいのだけれど……」

ヘラは真紅の瞳をわずかに揺らし、綺麗な白肌な頬を朱色に染めて、そんな顔を見られまいと麦わら帽子の鍔《つば》で顔を隠す。


……は？


何だよこの可愛いを詰め込んだみたいな究極生命体。

完全に俺を殺しにきてるだろ。

もちろんヘラの命令ならばこの命捧《ささ》げるけど。

「あ、あぁ、ごめん」

そして言い淀《よど》む俺は気持ち悪い。

と言うかヘラと隣に並ぶには少々気が引けるな……。

ちょっとどこぞの神より神々しすぎて……。

『儂《わし》に向かって言っておるのか!?　儂の方が神々しいじゃろ!?』

俺の頭に直接爺《じい》さんが語りかけてくる。

どうやら俺の考えていたことが不服らしい。

『何言ってんだ、爺さん？　爺さんがどれだけすごい神だろうと、世界の至宝たるヘラに敵《かな》うわけないだろ』

『なっ……お主《ぬし》の中で一体ヘラ嬢はどれだけ上なんじゃ……？』

それはもちろん、一番上だ。

ヘラより上のものなんてこの世にも地球にもたった一つだって存在しない。

俺の命だって彼女の二の次である。

何を当たり前のことを今更。

『あ、相変わらずとんでもない奴じゃ……』

なぜかドン引きした声色で呟《つぶや》いた爺さんは、自分の手には負えない、とばかりに小さく嘆息して黙り込んだ。

「──シン君？」

鈴を転がすような声で、心配そうに眉尻を下げたヘラが俺の顔を覗《のぞ》き込んでいた。

同時に、今まで爺さんと話していたせいで俺がずっと無言で歩いていたことに気付き、せっかく誘ってくれたのに、放っておくような真似《まね》をして申し訳ない気持ちが俺の心を支配する。

「あ、あぁ、ごめん、ちょっと爺さんがうるさくてな……何か俺に話しかけてくれてたのか？」

もしヘラの言葉を聞き逃していたなら、俺は自己嫌悪で死ねる。

ついでにその元凶となった爺さんも道連れにしてやろうと思う。

「い、いえ……。そう、ゼウス様と話していたのね。私はてっきりつまらなくて黙っていたのかと思って……」

そう言ってホッと安堵《あんど》したように小さく微笑《ほほえ》んだヘラ。

いつもならその笑顔に心を打たれ、歓喜に打ち震えていただろう。

しかし、ヘラが俺のことをそんなふうに思ってくれていたとは……さすがの俺でもいただけない。

「――そんなわけないだろ。俺がヘラと一緒にいて、どんなことをしていても、つまらないなんて思うとか絶対にありえないから。俺は、ヘラと一緒にいれるだけで嬉《うれ》し……」

心外なことを思われていたことに、ついムキになって言葉を紡《つむ》いでいたが……。ヘラが突然歩いていた足を止めると、わずかに揺らしながら驚きに見開かれた真紅の瞳で俺を射抜いているのが視界に入った。

ヘラ自身が気付いているかはわからないが、わずかに頬が赤らんでいる。

俺はヘラのどこか挙動不審なところに訝《いぶか》しげに思いながら……ふと自分の言葉を自分で咀嚼《そしゃく》。

想像以上に自分がキザっぽいことを口走っていたことに気付き、羞恥《しゅうち》心やら色々な感情が一気にごった返してきて、思わず口を噤《つぐ》んでしまった。

うわぁ……ガチで何言ってんだよ俺ぇぇぇぇ……。

よくそんな小っ恥ずかしいことをつらつらと述べられたな……穴があったら入って出たくない。

俺が、あまりの恥ずかしさに、今すぐこの場から逃げ出したい欲に苛《さいな》まれていると。

「そ、そう……シン君は、そんなふうに思ってくれているのね……さっきは失礼なことを言ってしまってごめんなさい」

わずかに上気した頬を冷ますようにパタパタと手で顔を扇《あお》いだあと、ヘラが申し訳なさそうに謝ってきた。

まさか謝られるとは思っていなかった俺はもちろん慌てる。

「い、いや、別に謝らなくても良いって……！　俺はただ、ヘラと一緒でつまらないなんて思ってないってことを伝えたかっただけで……！」

あぁ、くそッ……前世で陽キャじゃなかった弊害が出ている。こういう時はどうしたら良いんだ、なんて返すのが正解なんだ？

頼む、誰か教えてくれ……！

なんて俺が返す言葉に頭を悩ませていると……ヘラがそっと俺の手を取った。

嬉しそうな色を瞳に宿し、口元に微笑を浮かべて少しおっかなびっくりながらも、優しく包み込むように、両手で俺の手をそっと取る。

努力の証《あかし》である剣を振るった時にできる傷跡が少しあるものの、男の手とは明らかに違う柔らかくてすべすべしていて、強く握ってしまえば折れそうなほど、繊細な手だった。

フワッときつすぎず丁度良いくらいの花の香りが、俺の鼻腔《びこう》をくすぐる。

その瞬間――俺の目まぐるしく巡っていた思考が一気に停止した。

もう何も考えられなくなり、使い物にならなくなった頭が、ヘラが俺の手を取ったということだけを認識すると共に、手にしか意識が行き渡らなくなる。


な、ななな……!?

ヘラが……お、推しが俺の手を取った……!?

これは夢か?

やっぱりオタクガチ恋勢特有の気持ち悪い自分本位な妄想なのか……?

あまりにも俺に都合が良すぎて、もはや今起きていることが夢なのか現実なのか分からなくなってきた。

驚きと緊張で完全に固まった俺に、ヘラが照れくさそうに言った。

「ありがとう、シン君。今も、あの時も。そして――これからも、よろしくね」

俺は、この世の何よりも美しい彼女の嬉しさに揺れるような笑顔に見惚《みと》れるがあまり、小さく頷くことしかできなかった。

あとがき

この度は、この作品を手に取ってここまで読んでくださりありがとうございます。

はじめまして。たまにあとがきから読む方がいるという噂を聞いて、「ネタバレは避けた方がいいんか……？　いやでも作品の内容書かないと字数が……」などと自分で自分を追い込むスタイルで勝手にプレッシャーを感じているあおぞらです。

そもそも初めてのあとがきというものであり、何を書けばいいのかさっぱり分からず、自身が持っている他の作者さんの作品のあとがきを見ては、うんうんと唸っております。

他の作者さんは、どうやってあんなに素晴らしくも面白かったり心に残るあとがきを書いてるんでしょう……全く謎です。


まぁそんなことは置いておいて。

自分……あおぞらが初めてライトノベルというのを手に取ったのは、中学三年の部活が終わった頃でした。

その時は打ち込んでいたバスケ部も引退して、高校受験の勉強もまだする気が起きないなぁ……とか思っていた時期でして。そんな時に友達にとある有名ライトノベルを借りたのが始まりです。今までの間ずっと読書とか好きではなかったんですけど、気付いたら二ヶ月以内に全巻買ってましたね。そこからはどっぷりラノベの沼にハマっちゃいました。

一年間に三〇〇回くらい書店に通って……一時期趣味がラノベと書店巡りでした、はい。勝手に行きつけの店舗の最高購入金額者とか威張ってましたね。恥ずっ。

ただ、やっぱり自分の好きなジャンルの作品は読み尽くすわけで……その時ふと思ったわけですよ。

――なら自分で書いちゃえばいいやん、って。

そうして書き始めたラノベ……ぶっちゃけ初めのうちは目も当てられないくらいだったんですけど、楽しくて楽しくて。毎日ちょっとずつ書いて、やっと投稿した時なんかは期待とか不安で高校の授業に全く集中できませんでした。

あれから二年……まさか書籍を出版できるまでになるとは思ってもいませんでした。正直、書籍化作業の途中まで現実味がなかったのは内緒です。

そんなこんなでやっと自分語りが終わってこの作品の話です。

元々この作品は、カクヨムで一年以上前に書いていたのを編集Mさんにお声がけいただいて書籍にさせてもらったのですが……まぁ初めてのことだらけで大変でした。

たびたびＷｅｂの方でも誤字報告が来たりしていたんですけど……やっぱりプロの方は異次元で、

ものすごい直しや修正がありました。

いやまぁ全く書籍のノウハウがない自分に直しとか修正がない方が「え、マジで何も無いの？　嘘でしょ？」と信じられない気持ちになってしまうんですが。

ただ、イラストのラフや原稿の完成見本とかが届いた時は、一人でスマホの画面とにらめっこしながらニヤニヤしてました。

傍から見たらきっと気持ち悪かったんでしょうね。自分の部屋で良かった。

実際に本になっていく過程を体験するのは、本当に初めてのことだらけで新鮮でした。


最後になりましたが、これからは謝辞とさせていただきます。

まず、この作品とあおぞらを見出してくれた担当編集のＭさん。

正直分からないことだらけだったり締め切りなどなど……色々とＭさんには迷惑をかけたと自覚しております。ごめんなさい、Ｍさん。そして、こんな自分を出版できるまで根気強くサポートしてくださりありがとうございます。

イラストレーターの長浜めぐみさん。シンやヘラ達をカッコ可愛く描いてくださりありがとうございます。正直良すぎてラフを見るたびに興奮していました。もう自分が思い描いたみんなにビタッと一致していて目が飛び出ました。自分は絵心皆無なので「すげー、すげー」と言うしかできなかったんですけど、本当にありがとうございます。最高です。

読者の皆様。自身が執筆をしているカクヨムから来てくださった方々も、昔の自分のようにたまたま書店で見つけて手に取ってくださった方々もありがとうございます。自己満足でしかないこの作品ですが、少しでも面白いと思っていただいていればなと思っています。

本作の書籍化にあたって関わってくださった方々には、感謝しかありません。

では皆様、また二巻で会えることを祈って。

あおぞら

［ふつつかな悪女ではございますが ～雛宮蝶鼠とりかえ伝～］

著：中村颯希　　イラスト：ゆき哉

『雛宮』――それは次代の妃を育成するため、五つの名家から姫君を集めた宮。次期皇后と呼び声も高く、蝶々のように美しい虚弱な雛女、玲琳は、それを妬んだ雛女、慧月に精神と身体を入れ替えられてしまう！　突如、そばかすだらけの鼠姫と呼ばれる嫌われ者、慧月の姿になってしまった玲琳。誰も信じてくれず、今まで優しくしてくれていた人達からは蔑まれ、劣悪な環境におかれるのだが……。大逆転後宮とりかえ伝、開幕！

軍人少女、皇立魔法学園に潜入することになりました。
～乙女ゲーム？そんなの聞いてませんけど？～
[著]冬瀬
[絵]タムラヨウ
一迅社ノベルス

はにゅう
ILLUSTRATION shri
Cheat skill "shisha sosei" ga kakusei shite
inishieno maougun wo
fukkatsu sasete shimaimashita
チートスキル
『死者蘇生』
が覚醒して、
いにしえの
魔王軍
を復活させてしまいました
～誰も死なせない最強ヒーラー～

チートスキル『死者蘇生』が覚醒して、いにしえの魔王軍を復活させてしまいました～誰も死なせない最強ヒーラー～

著：はにゅう　　イラスト：shri

特殊スキル『死者蘇生』をもつ青年リヒトは、その力を恐れた国王の命令で仲間に裏切られ、理不尽に処刑された。しかし自身のスキルで蘇ったリヒトは、人間たちに復讐を誓う。そして古きダンジョンに眠る凶悪な魔王と下僕たちを蘇らせる！　しかし、意外とほんわかした面々にスムーズに受け入れられ、サクッと元仲間に復讐完了。さらにめちゃくちゃなやり方で仲間を増やしていき——。強くて死なない、チートな世界制圧はじめました。

天才最弱魔物使いは帰還したい

～最強の従者と引き離されて、見知らぬ地に飛ばされました～

著：槻影　　イラスト：Re:しましま

気づいたら、僕は異国で立ち尽くしていた。さっきまで従者と、魔王を打ち滅ぼさんとしていたのに――。これまでとは言葉も文化も違う。鞄もないから金も武器もない。なにより大切な従者とのリンクも切れてしまっている。僕は覚悟を決めると、いつも通り笑みを作った。

「仕方ない。やり直すか」

彼はSSS等級探求者フィル・ガーデン。そして、伝説級の《魔物使い》で……!?　その優れた弁舌と、培ってきた経験(キャリア)で、あらゆる人を誑し込む！

龍鎖のオリ

—心の中の“こころ”—

著:cadet　イラスト:sime

精霊が棲まう世界で、剣や魔法、気術を競い合うソルミナティ学園。ノゾムは実力主義のこの学園で、「能力抑圧」——力がまったく向上しないアビリティを授かってしまった。それでもノゾムは、血の滲む努力を続け、体を苛め抜いてきた。そんなある日、ノゾムは深い森の中で巨大な龍に遭遇する。その時、自身に巻き付いた鎖が可視化され、それをめいっぱい引きちぎったとき、今まで鬱積していた力のすべてが解放されて……!?

精《せい》霊《れい》学《がく》園《えん》の隠《かく》れ神《しん》霊《れい》契《けい》約《やく》者《しゃ》
～鬱《うつ》ゲーの隠《かく》れ最《さい》強《きょう》キャラに転《てん》生《せい》したので、推《お》しを護《まも》る為《ため》に力《ちから》を隠《かく》して学《がく》園《えん》へ潜《もぐ》り込《こ》む～

初出……「精霊学園の隠れ神霊契約者～鬱ゲーの隠れ最強キャラに転生したので、
推しを護る為に力を隠して学園へ潜り込む～」Web小説サイト「カクヨム」に掲載。

2024年9月5日　初版発行

【著者】あおぞら
【イラスト】長浜《ながはま》めぐみ

【発行者】野内雅宏

【発行所】株式会社一迅社
〒160-0022
東京都新宿区新宿3-1-13 京王新宿追分ビル5F
電話　03-5312-7432（編集）
電話　03-5312-6150（販売）

発売元：株式会社講談社（講談社・一迅社）

【印刷所・製本】大日本印刷株式会社
【DTP】株式会社三協美術

【装幀】AFTERGLOW

ISBN978-4-7580-9674-4

Printed in JAPAN

おたよりの宛先
〒160-0022
東京都新宿区新宿3-1-13　京王新宿追分ビル5F
株式会社一迅社　ノベル編集部
あおぞら先生・長浜めぐみ先生